「生きたい、です……！」

感情のまま、力の限り叫んだ。

頭と身体と心のすべてに満ちたその望みを、リーディアはもうごまかせない。

怖くても、不安でも、それでもなお。

「――それが、聞きたかった」

ルイ
五十年前、ルイの祖父が国王と
交わした契約を果たすために
やって来た「魔物を統べる影の
王」。だがどうやら、その契約
には誤解があるようで……？
リーディア
ローザ・ラーザ王国の第二王
女。魔物への生贄として、家
族や世間から隔絶して育てら
れた。本人は、生贄として死
ぬことを前向きに受け入れて
いる。

フローラ
ローザ・ラーザ王国の第三王女。王女として高いプライドを持っている。同時に、リーディアの身に何かあった場合は、自身が魔物への生贄として捧げられるのではないかと怯えている。
エドモンド
城の料理人見習い。時々、リーディアの住む離れに食材を運んでいる。人当たりが良く、お喋り好き。とある秘密を抱えている。
ローザ・ラーザ国王
ローザ・ラーザ王国の国王。自身の立場を守ることに固執している。

「はい、わたくしはルイさまのものですから、
どこでもお好きに召し上がれ。腕でも足でも頭でも——
唇でも」
「ちょっぴりリーディアを味見させてくれる？」

生贄姫の幸福

～孤独な贄の少女は、魔物の王の花嫁となる～

1

Happiness of Sacrificial Princess

著
雨咲はな
Hana Amasaki

イラスト
榊 空也
Kuya Sakaki

Happiness of Sacrificial Princess

CONTENTS

プロローグ

Happiness of Sacrificial Princess

リーディアは、生贄《いけにえ》になるために生まれた娘である。

それはこの世に生まれ落ちて、赤ん坊が女だと判明した瞬間に決まったことだった。もしも男であったなら、その役目は次の子が担うことになっただろう。どちらにしろ、「生贄となる娘」をつくらねばならない、という前提は絶対条件としてあるのだから。

とにかく産声を上げたその時から、すでに人生の終了への道は敷かれていたわけなので、リーディアはそこを進んでいくしかなかった。脇道もなければ曲がり角もない、まっすぐな一本道なので、迷いようがない。

周囲の人間は皆、リーディアをこの上なく大事に扱った。心身ともに決して傷つかないよう、ほんの少しでも損なわれないよう、真綿で包《くる》むようにして大切に守った。

あなたさまは、この国になくてはならない方なのですから——と。

求められるのはただ「食べられる」こと、その一点のみなのだから、リーディアにできるのは、立派な生贄になれるよう努力することだけである。目指すは生贄中の生贄、極上の、そして最高品質の食材だ。

「約束の日」が来れば、捧《ささ》げられるこの身。

リーディアは日々、美味《おい》しく味わってもらうための努力を惜しまず、ひたすらその時を待ち続けた。

自分を食べるのは、一体どのような方なのだろう。どんな牙で自分の肉体を噛《か》み砕き、どんな舌で舐《な》めて転がし、どんな体内へと飲み下すのだろう。

あれこれ想像し、想《おも》いを馳《は》せ、その瞬間に考えを巡らせるたび、リーディアの瞳はきらきらと輝き、頬が紅潮した。

それはまるで、恋のように。

だから、床に描かれた召喚陣から、闇とともに「彼」が現れるのを目にした時、リーディアは本当に、心から嬉《うれ》しかったのだ。

十七年間待ち望み、頭の中で思い描いていた相手にやっと会えるという期待で、胸をいっぱいにして。

ああ、これで、ようやく。

ようやく――

第一章　約束の日

Happiness of Sacrificial Princess

ローザ・ラーザ王国の王城には、昔から「影蜘蛛《かげぐも》」と呼ばれる魔物が時折現れる。

この魔物は人の生気を喰《く》らうと言われており、これに取り憑《つ》かれると急激に気力が失《う》せ、あるいは倦怠感《けんたいかん》に襲われて、身動きもままならなくなってしまう。また逆に、ひどく暴力的になって手に負えなくなる場合もある。どちらにしろ、王城の人々にとっては、厄介極まりない存在であった。

その影蜘蛛が、なぜか爆発的に数を増した。今から五十年前のことだ。

影蜘蛛はその名のとおり影のようなもので実体がないため、剣や槍《やり》などの物理攻撃は一切意味をなさない。聖水をかけたり聖句を唱えたりすれば多少は大人しくなるが、それでも根本的な解決にはならない。

五十年前、城内の者たちは大量の影蜘蛛によってどんどん気力を吸われ、あちこちで職務に支障をきたし、王族の安全を図ることすらままならなくなってきた。

様々なことを試してみたがすべて徒労に終わり、万策尽きて疲弊しきった国王は、とうとう禁忌とされていた古《いにしえ》の秘法、召喚術に手を出すことにした。

――魔物の始末は魔物に。影蜘蛛よりも上位にある闇の眷属《けんぞく》を喚《よ》び出して、彼らを喰ってもらうのだ。

もちろんその代償は払わねばならないだろうが、どちらにしろこのままではいずれ破滅の日は近い。王族が城を捨てて逃げ出せば、それは国として最大の危機である。

背に腹は代えられぬ、と古文書を頼りに召喚術を実行し――結果、それは成功した。

現れた魔物は限りなく人に近い形をしていたが、人にはない恐るべき力を持っていた。彼は求めに応じて影蜘蛛を支配し、あっという間に城内から一掃してしまった。

そして、言った。

「おまえたちの望みは叶《かな》えてやった。従って相応の報酬を貰《もら》う」

彼が口にした望みは、王の娘を自分に捧《ささ》げよ、というものだった。

当時のローザ・ラーザ国王は震え上がった。その時点で王女は一人しかいない。掌中《しょうちゅう》の珠《たま》として大事に育てた可愛《かわい》い娘だ。彼女は先日ようやく輿入《こしい》れしたばかりで、夫との仲も睦《むつ》まじく、今が最も幸福な時であろうに。

だが、要求に応じなければ、どのような凄《すさ》まじい報復があるのか想像もできない。なにしろ相手は影蜘蛛など比較にもならない上位の魔物なのだ。

国王夫妻は泣く泣く娘を説得し、国を守った代償として彼に捧げようとしたが、その前にあちらから待ったがかかった。

娘はすでに既婚者である。もう人のものになった女など受け入れることはできない。自分が欲しているのは汚れのない清らかな処女《おとめ》であるのだと。

青くなった国王が、娘はこの一人しかいないと必死で言うと、魔物は少し考えてから、「では」と口を開いた。

五十年後の同日同時刻、もう一度この場所にやって来よう。

その時に王女を一人貰い受け、それをもって契約は終了したものとする。

必ず、忘れるな。

鋭い目つきで王を睨《にら》んで念を押し、人の形をした魔物は再び闇の中に溶けるようにして消えていった。

以来、ローザ・ラーザ王国の王族は、ひそやかに、そして怯《おび》えながら、その日までの長い月日を過ごすことになる。

魔物との約束は絶対だ。忘れてはならない。手落ちがあってもならない。年月を経た分、あちらの執着も期待も強くなっているはずだ。もしも万一のことがあれば、怒り狂った魔物に何をされるか判《わか》らない。

国王が魔物と契約したなどと知られては、民の不信を生み、求心力が失せ、国力が弱まるのは必至である。従ってこの件は「秘中の秘」として、文書に残すことすら許されず、王族のみに口承されていくことになった。

――五十年後のその日その時、闇の中から現れる「影の王」に、若く美しく清らかな王女を、必ず贄《にえ》として捧げねばならぬ。

＊＊＊

そして現在。

ローザ・ラーザ王国の二番目の王女であるリーディアは、窓から外の景色を眺めて胸をドキドキさせている。

――いよいよ明日、「約束の日」がやって来るのだ。

この時をどんなに待ち焦がれていたことか。生まれた瞬間から十七年間、リーディアは明日という日を迎えるために生きてきた。まだかまだかとじれったく思いながら指折り数えるのも、ようやく明日でおしまいだ。

「影王さまは、お約束を忘れていらっしゃらないかしら」

目下のリーディアの最大の心配事といえば、それだけだった。

なにしろこの十七年、正しく生贄《いけにえ》であるために努力してきたリーディアだ。影の王に美味《おい》しく食べていただけるよう、建物から出られない身ながら、適度に運動だって心がけてきた。脂身の多い肉はリーディアは苦手なのである。たぶん影の王もお好きではないだろう。

手足や腹の部分はもうちょっと肉があってもいいかもしれないが、その代わり胸や尻の部分は程よくぷよぷよした肉がついている。味の良《よ》し悪《あ》しはよく判らないものの、五十年も経《た》てばさすがに魔物といえど多少は年を取っているだろうから、固いよりは柔らかいほうがいいはずだ。

あちらが王女をご所望である以上、一目見て庶民と疑われるようではいけないと、礼儀作法だってバッチリ学んだ。リーディアが暮らすこの離れでは他にやることもないので、たくさんの書物も読んだ。食べられる前にはご挨拶もしなければならないし、少しは会話を交わしたりする可能性もある以上、最低限の教養くらいは必要だろう。リーディアだってどうせなら、機嫌のいい状態で影の王に食事をしてもらいたい。

食材はなにより新鮮さが重要で、見た目も大事というから、せっせと入浴も欠かさないでいる。腰まである長い銀髪は食べる時に邪魔なのではないかと思うのだが、「いっそ頭をキレイに剃《そ》ったほうがいいと思う？」という問いに、世話係は誰一人として賛同してくれなかった。

これまでの間に、自分が食べられるところを何度も頭に浮かべて、イメージトレーニングも完璧だ。影の王は果たしてリーディアのどこから手をつけるのだろう。腕？　足？　それとも大胆に頭から？　少しずつ食べたいと言われた場合に備えて、ナイフくらいは自分で用意しておくべきかしら。

「早く明日になりますように」

リーディアは、厳重に鉄格子の嵌《は》まった窓から視線を外に向け、うっとりと呟《つぶや》いた。

どこからか、風に乗って子どもの笑い声が聞こえてくる。この離れは王城敷地の一隅に造られており、広い庭園を挟んで向こう側には王族の住まう西翼があると聞いた。窓からは決して見えない

が、たまに聞こえる甲高い声は、外に出て楽しく遊んでいるまだ幼い王子王女なのかもしれない。

現在のローザ・ラーザ王国には、三人の王子と四人の王女がいる。だが、リーディアはその中に含まれない。本来であれば第二王女であったはずの赤ん坊は、生まれると同時に存在を秘匿され、小さな離れに隔離され、ひっそりと育てられた。

書類上では王妃の腹の中で亡くなったことになっているので、王国民でさえない。

リーディアのことを知るのは、王族と一部の重鎮、そして離れで世話をする者と警備兵くらいである。リーディアもまた、自分の両親と兄弟姉妹の顔を知らない。

リーディアという娘は、はじめから魔物に捧げるためだけにつくられた人間だからだ。

約束を交わしたあの日から五十年後のその時、ちょうどよい年頃になっているよう逆算して生まれてきた王女。

そのためだけに生まれ、そのためだけに生き、そのためだけに死ぬ、生贄の姫。

魔物に自らを捧げることこそが「幸福」だと、この世に生を受けてからずっと教え込まれてきた。

だからリーディアは明日だけを夢見て、狭い檻《おり》の中で愛を知らず、喜びも悲しみもなければ未来もない、今日という日を過ごすのだ。

＊＊＊

翌日、ついにやって来たその日のために、リーディアは朝から念入りに支度をされ、おそらく死に装束の代わりなのであろう純白のドレスを着せられて、王城の地下へと下りていった。

長く続く階段の先にある、陰鬱な雰囲気が漂う重い扉を開けると、そこにはすでに数人の男女の姿があった。ここまで案内をしてきた世話係に耳打ちされて、彼らが国王夫妻、長男の王太子、それから宰相と、教会における最高責任者の大司教であると知る。

もちろん、誰もかれもリーディアにとっては見知らぬ人々である。

「はじめまして、国王陛下、王妃殿下、王太子殿下。わたくし、リーディアと申します」

習った作法通りに腰を落として挨拶をすると、三人は揃《そろ》って強張《こわば》った顔になった。宰相と大司教までが、真っ青になって目を伏せる。

はて、自分は何か粗相をしただろうか、とリーディアは首を傾《かし》げた。

名乗りが簡潔すぎるのがまずかったのだろうか。しかしリーディアは、王族の姓を許されていなかったはずだ。だって王族どころか、この国の民でもないのだから。

考えても判らなかったので、まあいいかと疑問を投げ出して、リーディアは部屋の中をぐるりと見回した。

国王は目を逸《そ》らし、王妃の顔からはますます血の気が引き、王太子はぐっと口を引き結んでいるが、リーディアの関心は彼らには一片も向けられない。

石造りのその部屋は、気温が低くて寒々としていた。壁も床もひんやりとした冷たさを帯びて、取り付けられた燭台《しょくだい》で燃える炎だけが、沈黙に支配された室内でかすかにジジジという音を立てている。

蠟燭《ろうそく》の頼りない明かりでぼんやりと照らされているのが、床に描かれた召喚の陣だ。

その陣は、ぽうっと淡く発光していた。

五十年前、人目を忍んでひっそりと魔物を喚び出そうとした人々がこの場所に作製して以来、魔物が帰ってからもずっとこうして輝きを保ち続けているという。約束はまだ果たされていないぞ、忘れるな、と知らしめるためなのだろう。

「……リーディアよ」

ずっと無言だった国王が、口を開いて低い声を出した。

リーディアはそちらに視線を戻し、「なんでございましょう」と従順に応じた。王に向けるその瞳には、なんの感情もない。

恐怖も、怯えも、悲哀も、抗議も、絶望も、何一つ。

それを見て取って、王はまた絶句した。

「その……そなたはもう、覚悟はできておるのか」

「覚悟、でございますか」

「む……いや、これからのこと、についてだが……」

「影王さまへのご挨拶の文言についてでしたら、しっかりこの頭に入っておりますから、ご心配いりません。何度も何度もお稽古しましたし、決して失敗などいたしません」

「……そうではなく、その……」

「大丈夫です。わたくしのこの身体《からだ》では少々食べ足りないかもしれませんが、味のほうで満足していただくために、今朝、甘い蜜を全身に擦り込んでおいたのです。準備は抜かりございません。わたくし、必ずや影王さまに美味しく召し上がっていただきます！」

「……………」

リーディアは自信たっぷりに胸を張って宣言したが、その場にいる全員が蒼白《そうはく》になって黙り込んでしまった。

まだリーディアの贄としての資質に不安があるのだろうか。もしかしたら影の王は甘いものが苦手だったかもしれない。迂闊《うかつ》であった。こうなったらお塩でも持ってきてもらおうかと再び口を開けかけた時、「それ」に気づいて目を瞬《またた》いた。

「あら……『影蜘蛛』が」

その言葉に、室内にいた他の人間が全員、顕著に反応した。

ビクッと弾《はじ》かれたように顔を上げ、王妃が「ひっ」と小さな悲鳴を上げる。慌ててあたりを見渡し、地下室の隅にいる小さな魔物を見つけると、飛び跳ねるようにして後ずさった。

蠟燭の明かりが届かない暗がりに、もぞりと黒い塊が動いている。

闇とすっかり同化しているので、よくよく目を凝らしてみなければ見分けがつかない。暗いところと明るいところの境界に、もぞもぞと蠢《うごめ》く黒いものがあることがかろうじて判別できるくらいだ。

影蜘蛛はその名のとおり、蜘蛛の影のような魔物である。

黒い円形の影には、脚のような細い影が複数くっついている。その影がぞわりと動いて、壁や床や天井を這《は》うように闇から闇へと移動するのだ。

影であるから、おおむねぺったりとした平面の姿だが、時にむくりと頭を持ち上げるかのように立体的になることもある。そのさまが人によっては非常に不気味に映るらしく、離れでたまに影蜘蛛を見かけると、世話係たちがいつも大騒ぎで逃げ惑っていた。

五十年前、わざわざ上位の魔物を召喚してまで片付けたはずの影蜘蛛なのだが、年月を経るうちに、またちらほらと出没するようになってきたのである。さほど数が多くないとはいえ、それでも問題であることには変わりない。

リーディアは影蜘蛛を怖いと思ったことはない。が、たまに不思議に思うことはある。

――影蜘蛛とは、一体何なのだろう。

魔物だ、と昔から言われている。皆が口を揃えてそう言うのだから、きっとそうなのだろう。

リーディアはそれを否定する根拠を持っていない。

しかし、では「魔物」とは何なのか。

「陛下がた、おさがりください。聖水で動きを封じますゆえ」

大司教が、着ている白いローブの中から小さな壺《つぼ》を取り出した。影蜘蛛の前にすっくと立ちはだかり、壺を手に身構える。

中の聖水を魔物にかけようとした、その時だ。

突然、床の召喚陣が明るい光を放った。

その眩《まぶ》しさに、大司教が動きを止めて目を背ける。国王夫妻と王太子、そして宰相も驚きの声を発して身を竦《すく》ませた。

召喚陣の光は一瞬輝いて、すぐに収まった。淡い発光も消えた。蠟燭の明かりだけとなった薄暗がりで、しんとした静寂が満ちる中、徐々に召喚陣の中から黒い靄《もや》が立ち込め始めた。

まるで影蜘蛛の脚のように、あるいは触手のように、無数の闇が湧いて出てくる。

その光景に、王妃はへたり込んで失神寸前だ。王と王太子はなんとか立っているが、全身が震えているのが暗い中でもよく見える。

リーディアは身じろぎもしないで、じっと召喚陣を見据えていた。

ああ、これで、ようやく——

脚のように分裂していた闇は次第に一つにまとまって、大きな渦となった。窓もない地下室内に風が巻き起こる。

勢いが激しくなったと思ったら、ゴッ、という音とともに唐突にピタリと止《や》み、闇はそのまま人の形になった。

上下ともに黒い衣装、漆黒のマントを羽織ったその人物は、髪の毛も瞳も同じく闇のような黒だった。

切れ長の眼《め》と、怜悧《れいり》な顔立ち。形のよい唇は薄く笑みをかたどり、涼しげに召喚陣の中央に立つ青年。

彼は限りなく人に近かったが、多少異なる部分もあった。特徴的なのは、黒水晶のイヤリングをした耳で、上部分がぴんと尖《とが》っている。そして後ろから前方へと伸びてちろちろと動いているのは、たぶん尻尾だ。

その尻尾は動物のように毛が生えておらず、外観としては鞭《むち》に似ていた。黒くて細くてしなやかで硬そうで、先端は鏃《やじり》のような形をしている。

リーディアは彼のその姿よりも、口ばかりが気になっていた。どう見ても普通の人くらいの大きさなのだが、あれでどうやって自分を食べるのだろう。食べる時はぐわっと横に広がるとか？ それとも案外お行儀よく少しずつ切り分けて食べるとか？

ああしまった、ナイフとフォークを用意するのを忘れていた。痛恨のミスである。完璧だと思ったのに。

薄闇の中にすらりと立つ影の王は、仰々しく片手を持ち上げると、

「やあ、どうもどうもー」

と、ものすごく軽い調子で挨拶をして、ニコッと笑った。

リーディア以外の全員が、ぽっかりと口を開けた。

笑った影の王の口元からは多少発達した犬歯が覗《のぞ》いたが、到底「牙」と呼べるようなものではない。リーディアはますます首を捻《ひね》った。

あれで人間の肉を噛《か》みちぎることができるのだろうか。ひょっとしたら、影の王は生食を好まないのかもしれない。だったら焼いたり茹《ゆ》でたり揚げたりする必要があるが、その場合、誰かにリーディアを調理してもらわなければならない。どこに頼めばいいのだろう。

「えーと……」

その場にいる誰もが自分の挨拶に対して何も返してくれなかったためか、若い影の王は困惑したように視線を彷徨《さまよ》わせた。

そして、今もまだもぞもぞと隅で動いている影蜘蛛を見つけたらしい。

少しだけ眉を寄せてから、人差し指と中指をぴんと上に立てた。影蜘蛛に向かってその指先を突きつけ、口の中で呪文のようなものを唱える。

影蜘蛛がそれに反応し、もがいて身を捩《よ》じらせるようにゆらゆらと揺れ始めた。いくつかの脚の影がざわざわと乱れている。

それから一瞬、ふわっと浮き上がるような動きをしたかと思うと、黒い色がすうっと薄まっていき、そのまま跡形もなく消滅した。

影蜘蛛は、聖水や聖句では、身を縮めて動きを止めたり、嫌がるように逃げることはあっても、決して消えることはない。大司教はもちろん、国王も唖然《あぜん》としていた。

「……そ、そなたが、影の王か」

震える声で出された王の問いかけに、たった今影蜘蛛を見事に消し去った青年は、「ん？」と怪《け》訝《げん》な顔になった。

「え、カゲノオウ？　なにその恥ずかしい名前。もしかして、じいさまのことかな？」

不思議そうに言われて、国王は目を見開いた。まさか影の王本人に、影の王であることを否定されるとは思ってもいなかったのだろう。

「じ、じいさま……？」

「そう。俺のじいさま。五十年前にこの国でアレを片付ける仕事を請け負って、ちゃんと完遂したでしょ？　今みたいにさ。……あれ、ちゃんと契約は覚えてるよね？　まだあの時の仕事の報酬は貰ってないし、今さらナシにしてくれなんて言われたら俺ショックで寝込んじゃうかもしれないんだけど。この日をすごく楽しみにしてたんだから」

名前はともかく、五十年前の約束はきちんと有効であるようで、リーディアはほっとした。

約束は代替わりについて何も触れていなかったはずだから、相手が孫になっても問題はない。今になって、やっぱりあの話はなかったことに、などと言われたら、贄になるために生まれてきたリーディアだって困ってしまう。

それに、あちらも「この日を楽しみにしていた」と言った。よかった。それでこそ、これまでの努力も報われるというものだ。

「えっと、それで、肝心の……」

心なしか、そわそわしたように声を上擦らせて、影の王もとい名無しの上位魔物は、改めてきょろきょろと周囲を見回した。

その目が、国王と、へたり込んでいる王妃と、どうしていいのか判らずに立ち尽くしている王太子と宰相の後ろに向けられる。

そこにいたリーディアと、彼の視線がぴったりかち合った。

待ちに待ったこの時である。満を持して一歩を踏み出したリーディアを見つめ、人の形をした魔物は大きく目を瞠《みは》った。

「え、かわ……」

皮？　とリーディアはその呟きを耳で拾って首を傾げた。皮膚のことかな？　ええ大丈夫です、薄くても張りがあるから、ちゃんと噛み応えがあると思います！　甘いのがお嫌いなら、塩でも香辛料でも、お好みでどうぞ！

内心は意欲満々だが、特殊な育ち方をしたリーディアの表情にそれが出てくることはない。楚々《そそ》とした動きで王たちの前に進み出ると、名無しの魔物の前で純白のドレスを摘《つ》まんで優雅に礼をした。今こそお稽古の成果を見せる時だ。

「影王さま……いえ、魔物を統《す》べる闇のお方、今この時、五十年前の盟約を果たします。ローザ・ラーザ王国からの捧げものをお受け取りくださいまし。わたくしリーディアと申します。卑小な我が身ではありますが、どうぞあなたさまのお好きなように」

リーディアの口上を聞いて、名無しの魔物は「えっ」と動揺したように声を上げ、次いで尖った耳を赤く染めた。

尻尾の先が、ぴこぴこ小刻みに揺れている。

「い、いや待って、そんな大胆なことをいきなり言われるとは」

大胆？　とリーディアは首を傾げた。

「わたくしはとうに心を決めておりますので」

「え、そ、そう？　それならよかった。俺も強引なのはあんまり好みじゃないっていうか」

「はい。あなたさまに食べられる日を、ずっと待ち望んでおりました」

「食べ……ちょっ、女の子がそんなこと堂々と言っちゃダメ！　俺こう見えて真面目な男だから！　やっぱりホラ、そういうのはちゃんと式が終わってからじゃないと！」

……式？

リーディアの首の傾斜はさらに角度を増した。

式ってなに？　もしかして、生贄を捧げるために、それ相応の儀式が必要だったのだろうか。そんなこと、誰からも教わらなかった。

「申し訳ございません。それでは急ぎ、準備をいたします。何が必要なのでしょう。黒い祭壇とか、豚の生き血とか、大きな篝火《かがりび》とかでしょうか。斧《おの》くらいならすぐに用意できると思いますが、ギロ

チンは少し手間がかかるかも……」

「いや待って待って、なにその物騒な品揃《しなぞろ》え。怖いよ！　え、こっちの式ってそんな感じ？　でも今、君が着ている真っ白のドレスはそういう意味のアレなんでしょ？　だけどやっぱり会ってすぐに式を挙げるっていうのもね、心の準備が足りないだろうし」

「……？」

どうしよう、何を言われているのかさっぱり判らない。この白いドレスは死に装束なのだが、「そういう意味のアレ」とは。

リーディアは困惑し、顔を赤らめてもごもご言いながら両手を組んだり解《ほど》いたりしている目の前の魔物を見た。それから後ろを振り返ってみたが、国王以下全員が茫然《ぼうぜん》と固まっているだけだった。

彼らに説明を求めても答えは返ってこないようだ。

「あの……闇のお方」

「あ、俺、ルイっていうんだ。よろしく、リーディア」

「はあ、よろしくお願いしま……ではなく、ルイさま、わたくしは」

「うん、君は」

二人で顔を見合わせて、同時に問いかけた。

「わたくしは、あなたさまへの生贄なのですよね？」

「君は、俺のお嫁さんになってくれるんだよね？」

……うん？

しばらくの空白を置いてから、ぽんと拳を掌《てのひら》に打ちつけ、「ああ！」と納得したのはリーディアのほうが先だった。

「なるほど、判りました！」

「わ、判ってくれた？」

相手が安心したような顔になる。リーディアは「はい！」と大きく頷《うなず》いた。

「それはつまり、『花嫁』という隠語にして若い娘を供物にするという、あのパターンなのですね！　そうですね、『生贄』という言葉は少々生々しくて不躾《ぶしつけ》な感じがいたしますものね。まあ、わたくしったら、気が利かず申し訳ございません。まずはルイさまの嗜好《しこう》を確認しておくべきでした。では、そのテイでまいりましょう」

「いや、ちっとも判ってないね！　そのテイってなに⁉　なんか俺が変な倒錯趣味を持っているような言い方、やめてくれないかな⁉」

生贄として育ったリーディアは、贄、人柱、人身御供《ひとみごくう》などが出てくる古今東西の物語を片っ端から網羅している。思い返せば、確かにそういう話も数多くあった。

捧げるほうは神さまだったり竜だったり悪魔だったりと様々だが、捧げられるほうは大体若い娘と相場が決まっており、その娘が「花嫁」と称して供物にされ、身体なり魂なりを食べられるのだ。

多少名称と演出は違うが、結果としては同じことである。よし、問題ない。

ちゃんと勉強しておいてよかった、と胸を撫《な》で下ろしたリーディアに、ルイという名の上位魔物は頭を抱えた。

「なんでこんなことに……」

呻《うめ》くように呟いてから顔を上げ、リーディアの背後にいる国王をじろりと睨む。一瞥《いちべつ》されただけで、頑丈そうな体格の国王はビクッと肩を揺らした。

「……どうやら俺たちには、話し合いの時間が必要なようだ。しばらくこちらに逗留《とうりゅう》させてもらうよ、いいかい？　俺も彼女ともう少し親交を深めたいしね」

「し……親交？　逗留、だと？　この城に？」

国王は呆気《あっけ》にとられた顔をした。

一国の王に対してルイの態度や話し方はかなり常識はずれなもののように思えるが、それを気にする余裕もないようだ。いや、そもそも魔物と国王とでは、どちらの格が上なのかリーディアにはよく判らないので、もしかしたらこちらのほうが世界の常識ということなのかもしれない。

「まがりなりにも城なんだから、客を泊める部屋くらいあるでしょ。別に狭くても構わないよ。それともなにかな、俺は客とは認められないということかな」

何かを含んだようなルイの目つきと言葉に、青くなった王は急いで首を横に振った。

「い、いや、そのようなことは……無論、構わない。この城は快くそなたを迎え入れるとも。至急、部屋を用意させよう。何一つ不自由のないように」

「悪いね。だけど多少不自由したっていいから、その部屋は、リーディアの私室の近くにしてもらえるかい？」

その要求に、「え」と国王は言葉に詰まった。

「近く……いや、それは」

ますます顔色を悪くして口ごもる。狼狽《ろうばい》するように視線が泳ぐのを見て、ルイが訝《いぶか》しげに片目を細めた。

「別に夜中に押しかけようなんて、不埒《ふらち》なことを考えてるわけじゃないよ。城ってのは無駄にだだっ広いんでしょ？　あまり離れすぎると彼女とお茶をするのも手間かなと思ってるだけさ。ただでさえ王族ってのは面倒な決まりが多いんだろうし」

「まあ……ルイさまはお茶も嗜《たしな》まれるのですか。いくらでもわたくしの血を差し上げますから、それを飲んでくだされればよろしいのに」

「うんリーディア、その話は後でゆっくりね」

「いや……そ、その、リーディアの、部屋は……」

ふらふらと彷徨わせていた視線をとうとう下の床に向けて、国王が口を噤《つぐ》んだ。

王妃も王太子もその他二名も同じく黙り込んで、地下室は気まずい沈黙に占められた。国王の言葉の続きは誰の口からも出てこない。

ルイの眉が中央に寄ったところで、リーディアは再び口を挟むことにした。

「あの、ルイさま。お話ししても？」

「血とか肉とかの単語はなしで頼むよ」

「はい。わたくしの居室は、この建物ではなく、離れのほうにございます。近くと言われましたら、そちらになってしまいますが、それでもよろしいですか？　渡り廊下でも繋《つな》がっておりませんので、一度外に出ていかなければならないのですけど」

この地下室は窓がないから暗いが、現在、外は燦々《さんさん》と陽《ひ》の照りつける真っ昼間である。影蜘蛛も明るい場所は嫌がるし、闇の眷属が日光に当たっても大丈夫なのか、リーディアには判らなかった。自分を食べてもらう前に灰になられても困る。

「離れ？」

ルイが驚いたようにわずかに目を見開いた。

「なに、この国の王族はみんな、離れで暮らしてるの？　今までいろんな場所に行ったけど、そんな慣習ははじめて聞くな」

「？　いえ、王族の方々は城の西翼にお住まいです。わたくしはあなたさまに捧げられるためのものですから、ずっと離れのほうで育てられておりました。『約束の日』までに、わたくしの身に何かがあったらいけませんので」

首を傾げてリーディアがそう答えると、ルイの眉がますます寄り、ついでに眼が剣呑《けんのん》に眇《すが》められた。他の五人は首を縮めて小さくなっている。

「……じゃあ、そっちに案内してくれるかな？　その離れには、俺が寝泊まりする場所はありそうかい？」

「ええと……予備の部屋はあるのですけど、ベッドはわたくしが使っているものしかございません。今までに必要ありませんでしたので」

「離れには、リーディア一人が暮らしてるってこと？」

「はい。世話係はおりますが。他に、警備の兵も。でも彼らはあそこで生活しているわけではありません」

「ずっとそんな感じ？」

「はい」

リーディアが頷くと、ルイは重いため息を吐き出した。その表情にも眉間の皺《しわ》にも、明らかな怒気が乗せられている。

ルイの履いている軽そうな革ブーツがトントントンと床を叩《たた》く音に合わせて、国王以下五人がビクビクビクッと肩を揺らしている。自分も一緒に揺れたほうがいいのだろうか、とリーディアは少し迷った。

「——離れに泊まらせてもらおう。寝る場所なんてどうでもいい。構わないね？　ローザ・ラーザ国王」

　許可を求めるというよりは決定事項を告げるような言い方だったが、ルイの鋭い声に、国王は青い顔でのろのろと頷いた。

＊＊＊

　結論から言うと、ルイは建物の外に出て日光を浴びても灰にはならず、まったく平気そうだった。

　しかし、再び戻ってきたリーディアと、一緒にいる黒マントの青年を見て、離れの兵と世話係たちは一様に恐慌状態に陥ったようだ。

　無理もない。リーディアがこの建物から外へ出るのは「約束の日」の一回きりであって、その日が過ぎたらリーディアの存在はどこからも消え失せる。当然、「帰ってくる」なんてことは、はなから想定されていなかった。

　よって、兵は完全に仕事を放棄して寛《くつろ》いでいたし、世話係たちに至っては、この場所からさっさと撤収すべく片付けに入っているところだった。

　小さな離れはリーディアのために建てられたものであるから、役割を終えた後は取り壊すのを待つばかりだ。堅固な密閉空間とはいえ、貴人牢《ろう》にするには大きすぎるし、客人のもてなし場にするには縁起が悪すぎる。

地下室からここまで、宰相に先導してもらってよかった。今まで外に出たことがないリーディアだけでは道順が判らないという理由だったのだが、彼から説明してもらったほうが混乱も少なく済むだろう。

そちらのほうは宰相に任せて、リーディアはルイを建物の中へと案内した。

ずっと暮らしていたこの離れのことなら、隅から隅まで把握している。リーディアが説明する一つ一つに、ルイはいちいち驚くような顔をした。やっぱり魔物の世界とは、生活様式が何かと違うのだろう。

高い木々に覆われて四方の視線を遮断する建物の周囲、外側にのみ錠が設置されている閂《かんぬき》つきの扉、すべてに鉄格子の嵌まった窓、何度も読み返したためボロボロになってしまった本ばかりの書庫などを見ては、顔を引き攣《つ》らせ、「ウソだろ」「ウソだろ」と小さな感嘆の声を上げている。

客が来ることのない離れには、応接室というものが存在しない。仕方なく居間に入ってもらうと、ルイはぐったりとソファに沈み込んだ。

「お疲れですか？　ルイさま」

「うん……いろいろと衝撃すぎて」

「わたくしの生気を吸われますか？」

「吸いません。普通にお茶くれる？」

「そんな、ご無理なさらずに」

「なんでこっちに肩を差し出してるの？　もしかして血を吸えって言ってるの？」

普通のお茶をください、ともう一度強めに言われて、リーディアはがっかりしながら自分の血を飲んでもらうのを断念した。

どうも彼はリーディアのやり方がお気に召さないらしい。生贄を花嫁という名で呼ぶあたり、この魔物は直接的な表現が好きではないようだ。骨付き肉にかぶりつくよりは、上品にフルコースで的な進め方をせねばならないということか。難しい。

しかしリーディアにだって生贄としての意地と矜持《きょうじ》がある。こうなったらなんとしてもルイに自分を美味しく食べてもらわねば。

なみなみならぬ決意を胸に秘め、リーディアはベルを鳴らして世話係を呼び、お茶を淹《い》れてほしいと頼んだ。

彼女は「承知いたしました」と肯《うべな》ったが、顔を伏せたまま、ルイのほうには決して目を向けようとしない。よくよく見たら、その身体は小刻みに震えている。

扉を閉めてルイのほうに戻り、彼と向かい合うようにしてソファに腰掛けた。こうして誰かと対面で話すなど、リーディアにとってははじめての経験だ。

「今のが、君の世話係？」

「はい。世話係は他に三名おりまして、交代で仕事をしております」

「ぜんぶで四人ね。じゃ、後で彼女たちからも話を聞きたいから、名前を教えてくれる？」

リーディアはきょとんとした。

「申し訳ございません。わたくしは彼女たちの名を聞かされておりません。そういったことは禁じられておりますので」

ルイは「は？」と戸惑う顔をした。

「禁じられてる？　世話係の名を知ることを？　なんで」

「わたくしはあなたさまに捧げられるために生きているだけの存在ですのに、他の者の名を知ることに、なんの意味がございましょうか？　他者とも、外の世界とも関わらず、この生命を来たるべき時まで繋ぎ、我が身をもって五十年前の約束を果たせましたなら、それがわたくしにとってなによりの幸福でございます」

すらすらと淀《よど》みなく口にするリーディアを見て、ルイは唖然とした。

ウソだろ、と呟いて両肩を落とし、伏せた顔を手で覆ってしまう。

「ダメだ……完全に洗脳されてる……」

呻くようにそう言って、しばらくその恰好《かっこう》のまま固まっていたが、「いや、だったらなおさら、きちんと説明しないと」とぱっと顔を上げた。

「えーと……どこから始めようかな。じゃあまずは、基本的なところから——君の名はリーディア、そうだね」

「はい、覚えていただきまして光栄です」

「そりゃ俺の……いや、リーディアの正式な名は？」

「わたくしは、姓も家名もない、ただのリーディアでございます」

「姓も家名もないって……だけど、君はローザ・ラーザ国王の娘なんだろう？」

困惑したように問われ、リーディアははっとした。

これは魔物による、「生贄面接」であると気づいたのである。あちらはこの国の王女を指名しているのだから、その正当性を真っ先に疑うのは当然だ。もしもここにいるのが、王女の名を騙《かた》った偽物や替え玉だったりしたら、彼の誇りを傷つけることになる。

「ご安心くださいませ。わたくしは間違いなく、ローザ・ラーザ国王、ロドルフォ・ドゥ・イグ・ローザ・ラーザの娘でございます。あ、そうですわ、この国の王族は、身体のどこかに小さな花型の痣《あざ》があるのが特徴なのです。わたくしの場合は腿《もも》の付け根ですので、今お見せして——」

「いやいや、疑ってない、疑ってないから。やめてやめて」

ドレスの裾を持ち上げようとするリーディアを、ルイは慌てて止めた。ぶんぶん両手を振るのと同時に、尻尾までがぶんぶん左右に振れる。

「ですが、契約内容に間違いがございませんか、きちんとご確認いただきませんと……お求めは、ローザ・ラーザ王国の王女でしたよね？」

「そんな『注文の品はこの料理でしたよね？』みたいに言われても……正確には、五十年前に契約を交わした依頼主の血筋の娘、のはずだけど」

考えるようにぼそぼそとルイが言ったが、リーディアはむしろその細かい言い回しのほうに感心した。魔物が重要視するのは、名前や肩書などではなく、あくまでも血ということなのだ。きっと王族とそれ以外とでは、味が違うのだろう。

「五十年前、影蜘蛛をすべて平らげていただくようそちらさまに要請し、報酬として自分の血を引く王女を差し出すという契約を交わしたのは、現国王の祖父でございます。三十年ほど前に亡くなっておりますが」

「三十年前か……すると今の国王は、その話を直接依頼主、いや先々代の王に聞いたわけじゃないんだね？」

「成人してから、先代の国王より伝えられたと聞いております。その前王も、すでに故人でございます」

「現王の祖母と母親は？　まだ健在？」

「どちらも、お亡くなりになっておいでです。五十年前、差し出されるはずだった王女もすでに」

「当時の関係者が、今はもう残っていないわけだ。なるほど、少し判ってきたな……」

ルイは口を曲げて黒髪に手を突っ込み、くしゃりと掻《か》き回した。

「で——リーディアは、ずっとここに一人で暮らしていると言っていたけど、それは本当なの？」

本物かどうか、まだ疑われているらしい。

後ろめたいことなど何もないリーディアは、「はい」と堂々として答えた。

「ずっとって、具体的には何歳から？」

「ずっとですわ。生まれた時からです」

「は……？」

ルイが目を見開いた。ソファにもたれていた背中がずずと滑り、上体が斜めになってしまう。

「ルイさま、座りにくいのではありませんか？　人間用のソファは合いませんでしたでしょうか」

「ちょっと待って——リーディア、それ本当？　生まれた時からこの離れにいるの？」

「はい。でもご安心くださいまし。きちんと毎日身綺麗《みぎれい》にして、品質保持に努めてまいりましたから」

「品質保持……？　いやいや、じゃあその、家族とは？　生まれた時からずっと別に暮らしていたってことだろ？　寝るのは別だけど食事は一緒とか、そういうこと？　日常の交流はどうしていたんだい？」

「家族とは、もしかして、王族の方々のことでしょうか」

「もしかしなくてもそうだよ！」

「現国王と王妃の間には、三人の王子と四人の王女がいらっしゃいますが、わたくしはその中に入っておりません。ですから、王族姓も持っていないのです。わたくしは、あなたさまに捧げられるために生まれた者、それ以外の何も必要といたしませんので」

「交流は!?」

「一切、ございません。国王陛下とも王妃殿下とも、本日が初対面でした」

「今日が初対面!?　今まで一度も会いに来なかったのか？　自分の娘なのに？」

「わたくしはあなたさまだけのものですのに、娘、姉、妹など、それ以外の誰かに連なる属性を持つことは、あってはなりませんでしょう？」

「……ウソだろ」

とうとうルイの身体は横にぱたんと倒れてしまった。気のせいか、顔色もあまりよくない。やはり生気を吸わなければ力が出ないのではないか。

「ルイさま、どうぞわたくしの……」

「だったらさ、リーディア」

腕か首筋を差し出そうとしたら、がばっと起き上がってルイが復活した。真面目な表情をこちらに向け、身を乗り出す。

「君の楽しみは何？」

「……？」

リーディアにはその問いの意味がよく判らなかった。楽しみとは、どういうことを指すのだろう。

いやそもそも、「楽しみ」って、何だろう……？

「申し訳ございません、ご質問の内容が、よく……」

「好きなこととか、いやこの際、嫌いなものでもいい。家族と引き離され、名も知らない世話係に囲まれて、君はこの離れの中で一人、いつも何を考えていた？」

「食べものの好き嫌いは、あまりございませんが……敢《あ》えて申しますと、お肉の脂身が苦手です。考えることといえば、どうすれば自分が美味しい食材になれるかと」

「くっそ、噛み合わない……！　じゃ、毎日ここで何をしていたの？」

「ですから、日々、品質保持に努めております。あとは……そうですね、本を読んで過ごすことが多いでしょうか」

その返答に、ルイがなにがしか、ほっとしたような顔になった。

「そうか、読書がリーディアの趣味ってこと？」

「趣味、とは？　食事をして運動をして眠る、という一日の残りの時間を、仕方なく読書に充てているというだけのことなので、別になくても構わないのです。それに、ここにある本はもう何度も読み返して、中身もすべて覚えているものばかりですし……」

「……ウソだろ……」

ルイは何度目かの唸《うな》り声《ごえ》を発して、また顔を覆ってしまった。

それを見て、さすがにリーディアの胸の中にも、じわじわとした不安が湧いてくる。

「あの、ルイさま？」

「うん……？」

「ルイさまは、わたくしのやり方ではなく、わたくし自身のことがお気に召さないのでしょうか。

申し訳ございません、やっぱり肉付きが足りませんでしたか?」

「に……肉付き……いやその、確かにちょっと細いかなとは思うけど、えーと、出てるところはちゃんと出てるし、そういうのが好きか嫌いかって言えば、かなり好きなほう、かな……」

ルイは顔を覆っていた手をずらし、もごもごと言った。視線があっちこっちに落ち着きなくウロウロし、尖った耳はまた赤く染まっている。

食べるところが少ないのが不服だ、ということではないようでリーディアは安心した。指と指の隙間から覗く彼の目が遠慮がちに胸のあたりへ向かっているところを見るに、年寄りでなくても、肉の固い部位より柔らかい部位のほうが好きなのだろう。

「それでは、この長い髪の毛がお邪魔ですか? やっぱりすべて切り落として……」

自分の銀髪を手で掬《すく》い上げて、考えるように呟いたら、ルイはぎょっとして目を剝《む》いた。

「いやダメだよ! なに言ってんの!? せっかくそんな綺麗《きれい》な髪なのに!」

「でもモソモソして……」

食べにくいだろうし、舌触りもよくないだろう。そう続けようとしたら、ルイがソファから立ち上がり、リーディアの傍らまで寄ってくると片膝をついた。

リーディアの手を取って髪からそっと外させ、下から顔を覗き込む。

こちらに向けられる真っ黒な瞳は確かに闇のようだ。しかしその闇は、すべてを吞《の》み込む不気味さを孕《はら》んでいるというよりは、優しく包み込むような穏やかさを伴っているように見えた。

そのまま、ルイにぎゅっと手を握られる。

「リーディア、君は今の君のままでいい。頼むから、自身をそんなに蔑《ないがし》ろにするのはやめてくれ。君は自分のことをもっと大事にしないとダメだよ」

真面目な表情で言われたが、リーディアにはその言葉の意味も、よく判らなかった。

だってリーディアは、今まで自分をきちんと大事にしてきたつもりなのだ。

周囲の人々だって、ずっとリーディアにそう言い続けていた。

大事な御身ですから。自分たちにはあなたをお守りする義務がございますから。万が一にも、あなたが傷ついたり損なわれたりするようなことがあってはいけませんから。

だからこうして小さな離れの建物の中で、他の何者からも害されたりしないよう、大切に大切に保護され、育てられてきたのではないか。

病気や怪我《けが》で弱ることのないように。心身ともに健やかであるように。間違っても「その日」を前にして死なないように。

決して――

「…………」

その瞬間、リーディアの瞳がほんのわずか揺れたのを、ルイは見逃さなかったらしい。

少しだけ安堵《あんど》を滲《にじ》ませ、微笑《ほほえ》んだ。

「……うん、まあ、少しずつやっていこう。これから、俺のことも知ってもらわないといけないしね」

「ルイさまのこと、ですか？」

被食者が捕食者の何を知る必要があるのだろう、とリーディアは目を瞬いた。

食の好みとか、食欲のあるなしとか、そういうことだろうか。そうか、ひょっとしたら、ルイは今はまだ空腹ではないのかもしれない。それですぐにパクッと食べてしまうよりは、食材に手を加えてより自分好みに仕上げたいと。なるほど。

リーディアは力強く頷いた。

「はい、判りました！　わたくし、必ずやあなたさま好みの食材《おんな》になって、心よりご満足していただけるよう、頑張ります！　わたくしはルイさまだけのものですから！」

「う、うん……絶対に判っていない気がするけど、その台詞《せりふ》はまあ、悪くない……かも、しれない……」

ルイはまたもごもご言った。今度は耳だけでなく頬も薄《うっす》ら色づいている。

片膝をついているため、床に垂れている尻尾がパタパタと左右に振れていた。

まあ、元気に動いて……

つい尻尾に目を奪われてしまったリーディアだが、「……ん？」とルイが鼻をひくひくさせていることに気づいて、顔を上げた。

「なんか、甘い匂いがするような……」

甘い匂い？　と首を傾げ、リーディアは思い出した。そういえば、今朝、全身に蜜を塗っておいたのだったっけ。

そう答えたら、ルイは不得要領な顔をした。

「へえ、蜜……なんでまた。ベタベタするんじゃない？　美容のため？」

「ルイさまは甘いものがお好きでしょうか」

「ん？　んー、あんまり好きではないけど、嫌いってほどでもないよ」

「それはようございました。指先までしっかり塗り込んでおきましたから」

「ふん……？」

意味が判らないという顔をしながら、ルイが握ったままになっているリーディアの手に鼻を寄せる。くんくんと匂いを嗅がれ、少しくすぐったい。

「舐《な》めてみますか？」

「舐めっ……は!?　なに言ってんの!?」

ルイは仰天したように叫んでさらに赤くなったが、尻尾の動きはパタパタパタパタと忙《せわ》しなくなった。

「お味見に」

「味見ってなに!?」

「だってルイさまのお好みを知っておきませんと……そうだ、おやつに一本、召し上がりますか？

どれにいたしましょう、中指か小指か親指か」

「食べないよ！」

ルイはまたソファに倒れ込んだ。

この先の道のりの長さに思いを馳《は》せて気が遠くなった、らしい。

＊＊＊

――その頃、王城内の一室では、侃々諤々《かんかんがくがく》の議論が巻き起こっていた。

最も眉を逆立てていたのは、ローザ・ラーザ王国の王太子だ。

「どういうことですか、父上！　聞いていた話とはまったく違うではありませんか！」

噛みつくように言われて、彼の父親である国王もまた腹立たしげに顔をしかめた。

「うるさい！　私だって何がなんだか判らん！　なにしろ五十年前の契約だぞ!?　書面で残っていたわけでもなく、口伝えで聞かされた話しか知らんのだ！」

五十年前、魔物と契約を交わしたという当時のローザ・ラーザ国王、つまり現在の王の祖父にあたる人物は、もうとっくに故人となっている。

彼の息子を通して、そのまた息子である現国王が聞いたのは、「約束の日」にやって来る魔物に若く清らかな王女を贄として捧げよ、さもなくばとんでもない災いが降りかかる、という恐ろしげな内容だけだった。

だから、リーディアという二番目の王女をそのように育てさせたのだ。己が魔物に与えられることを知っても、拒むことなくその事実を受け入れられるような教育も施して。

はじめからそのためにつくられた娘なので、肉親である他の王族たちとは完全に一線を画した。ここにいる王族は、自分も含め、リーディアとはただの一度も面識がない。いざという時、情が湧いたりしたら困るからだ。

贄であるリーディアを引き渡せば、魔物はそれで満足してすぐに帰るのだろうと思っていた。そのまま喰われてしまうのか、魔物の国に連れていかれてしまうのかは判らないが、とにかく「約束の日」さえ終えてしまえば、この五十年もの間、自分たち王族の間で常にわだかまっていた鬱々とした懸念も解消される。

犠牲になるリーディアという娘は不憫《ふびん》だが、国の安寧を図るのも王族としての義務だろう。恨むのなら、五十年後に負債のツケを廻《まわ》した祖父王を恨んでもらいたい。

自分たちだって、決してこれまで安穏を貪っていたわけではない。不安もあったし、怖《おそ》れもあった。何をしていようと、笑っていようと、心の隅ではいつだってこのことが引っかかっていたのだ。

そしてやって来た、今日という日。

五十年前からの厳重な言い伝えは確かだった。聞かされていたとおり、召喚陣から闇とともに魔物は現れ、影蜘蛛まで目の前で消し去ってみせた。

国王はその時確かに、ほっとしたのである。この場さえ乗り切ればすべて問題ない。もうこのような厄介な問題と一切関わらずに済む、と。

それが、なんだ。

……お嫁さん、だと?

「生贄姫は魔物に食べられるのではなく、配偶者になるということなのですか?」

そう訊《たず》ねたのはリーディアの姉である、第一王女だった。

直系の王族の中で、五十年前の契約について知っているのは、国王と王妃の他には、リーディアよりも先に生まれた兄二人、そして、はじめての女の子だからと王妃が泣き喚《わめ》いて抵抗したため難を逃れた第一王女、万が一の時のためのスペアとしての第三王女だけである。

それ以外の王子王女は、もう一人の王女の名前どころか存在すら知らない。

「離れとはいえ、魔物が同じ敷地内にいるだなんて、考えるだけで恐ろしいわ。お父さま、あの魔物はわたくしたちを襲ってきたりはしないでしょうね?」

「む……」

第三王女の強めの詰問に、国王は渋い顔をして黙り込んだ。

「冗談ではありませんよ! 城の中にはまだ小さい王子と王女もいるのですよ! わたくしの愛する子どもたちに、何かあったらどうなさるのです!?」

悲鳴のような甲高い声を上げたのは王妃だった。

彼女にとっての「愛する子どもたち」の中に、リーディアは入っていない。生み落としてからすぐに引き離され、それっきり顔を見たこともなければ声を聞いたこともないのだから、王妃にとって離れにいる娘は完全に他人も同じだ。

「お母さま、落ち着きになって。魔物もそこまで見境なしなことはしないはずよ。それだったら五十年前、手ぶらで引き下がることなんてしませんわ。魔物が求めるのは、あくまで王家の血を引く年頃の娘だけでしょう」

「なっ……冗談じゃないわよ！　そうしたら、わたくしが狙われる可能性があるということじゃないの！」

第一王女の言葉に、眉を吊《つ》り上げた第三王女が喰ってかかる。

「あら、そうと決まったわけじゃ……」

いかにも「他人事《ひとごと》」という態度を隠しもせず目を逸らした第一王女に、第三王女はますますいきり立った。

「なによ、魔物が純潔を求めるからって、さっさと男と通じてしまったお姉さまはいいわよね！　わたくしは今日を迎えるまで、ずっと生きた心地がしなかったのよ！　生贄姫に何かあれば、次にそのお役目を押しつけられるのは、このわたくしなんだから！」

「キンキン声で叫ばないで！　そんな文句ばかり言うのだったら、あなたも早く結婚でもすればよかったのよ！　いつまでも高望みなことばかり言っているから、こんなことになったのではなくて!?」

「わたくしはお姉さまと違って、男なら誰でもいいなんてふしだらで無節操なことはいたしませんの！」

「なんですって!?」

「なによ、いつも夫の身分が低いだの、ドレス一着満足に買えやしないだのと、お父さまにしつこくおねだりしてるくせに！」

摑《つか》み合わんばかりに争う姉妹に、誰も仲裁に入れない。最初から贄としての対象外である王子たちはそれなりに後ろめたさがあるし、国王と王妃は言うに及ばずである。

けんけんと罵り合う彼女たちを横目に、宰相がおそるおそるといった調子で国王に向かって切り出した。

「陛下……離れのほうより、世話係たちが抗議を申し出ております。恐ろしくて魔物の近くにはいられない、そもそも自分たちの役目はもう終わったはずだと……」

「うむ……」

それも無理はない話だ、と国王は内心で思った。敷地内に魔物がいるというだけでも落ち着かないのに、さらにその面倒まで見なければならないとなれば、心理的な負担は大変なものだろう。

なにしろ相手は魔物なのである。何を考えているのか、行動の基準も判らない。こちらにとっては当たり前のことでも、あちらは烈火のごとく怒り出す可能性もある。そして怒らせたら、どんな災厄となってこちらに向かってくるのか予想がつかない。

地下室で相まみえた、人間によく似た青年の姿を頭に思い浮かべた。

尖った耳に、不気味な真っ黒の髪と瞳、そしておぞましい形状の尻尾。

得体の知れない笑みをたたえ、王を王とも思わぬ傲岸不遜な態度で、自分の要求を突きつけてきた、あの魔物。

「うむむ……」

王は口をぐっと曲げて、玉座の肘掛けの上に置いた拳を強く握りしめた。

「いやしかし、陛下、考えようによっては、これもまた好機かもしれません。現在、影蜘蛛がまた増え始めてきたことでもありますし、あの魔物に交渉して、やつらをすべて消してもらうことも……」

大司教の言葉に、王がかっと目を見開く。

「バカを言うな！　そうやってまたあの魔物に借りを作るつもりか!?　影蜘蛛を喰ってもらった後、今度は何を要求されるか判らんというのに！」

「そうよ！　次はわたくしを寄越《よこ》せと言われるかもしれないわ！」

「父上、ここは慎重にご判断を！」

「早くあの魔物を追い出してくださいましな！」

「陛下！」

「ええい、うるさいうるさいうるさい！　私はもう知らん!!」

ぎゃんぎゃんと責め立てられて、王は頭から湯気が立つくらい真っ赤になり、大音量で怒鳴った。

それから長いこと、その不毛な言い合いは続いたが、結論も解決策も出なかった。

そして、生贄姫と呼ばれるリーディアの身を案じる言葉もまた、誰の口からも出てこなかった。

ただの一言も。

閑話　フローラの怒り

フローラ・ドゥ・エル・ローザ・ラーザは、この国の第三王女である。

表向きには、彼女が「第二王女」ということになっている。公では、自分のすぐ上の姉はこの世に出てくる前に亡くなった、とされているからだ。

その姉は、魔物の生贄《いけにえ》となるべく、生まれてすぐ秘密裏に離れへと隔離された。一年後に生まれたフローラは、彼女とは会ったこともないので、顔も知らない。

正直に言えば、時々名前だって忘れてしまうくらいだ。だってその存在を知っている者は皆、彼女のことを「生贄姫」としか呼ばないのだから。

フローラも、六歳までは彼女のことを知らなかった。七歳になって教わった時には驚いたが、「ふうん、魔物に食べられるなんて可哀想《かわいそう》に」としか思わなかった。

事態の深刻さに気づいたのは、十代になってからだ。

自分よりも下の弟妹は、七歳を過ぎても生贄姫のことを知らされることはなかった。どうしてかしらとその理由を考えて、青くなった。

つまりフローラがそれを聞かされたのは、生贄姫に万一のことがあった時、おまえが代わりになるのだから覚悟しておくようにという通告である、と悟ったからだ。

冗談ではない、そんなの絶対に嫌だ――と反抗しているうちに、いちばん上の姉である第一王女は、さっさと家臣の男に降嫁していった。王女なのに、婚姻前に恋人と通じるなんて、あり得ない不祥事付きで。

要するに、「生贄になるのは処女《おとめ》のみ」という条件から外れるため、はじめから意図して逃げたのだ。

フローラは怒り狂った。ただでさえ最初の娘ということで母親に何かと贔屓《ひいき》されて我儘《わがまま》放題だったくせに、スペアなんて嫌な役目をフローラ一人に押しつけるなんて！

いっそ同じ手を使って……という考えも浮かんだが、第一王女のせいで監視の目は厳しくなり、そうそう簡単に男と親しくなる機会はない。誰でもいいから、とまで思うほど、フローラは捨て鉢にはなれなかったし、王女としての立場も失いたくはなかった。

「……まったく、腹立たしいったら！」

父である国王の前から退出した後、淑女とは思えない荒い足音を立てて王城の廊下を歩きながら、フローラは吐き捨てるように呟《つぶや》いた。

どうして、こんな思いをしなければならないのか。

「約束の日」が来るまではと、フローラには婚約者も決められていなかった。だからといって同性とお茶会をしようが遊びに興じようが、いつも頭には「生贄姫に何かあったら」という不安があって、心からは楽しめない。

この数年の間、フローラはずーっとずーっと、我慢をしてきたのだ。時に怯《おび》え、時に苛々《いらいら》し、時に癇癪《かんしゃく》を起こしながら、早くその日が来てくれないかとピリピリして待ち続けていた。

自分が憐《あわ》れすぎて、何度も泣いた。

それも今日で終わりだと、朝から結果を聞くのをワクワクしていたのに、まだこれからも続くなんて。

期待を膨らませていた分、フローラのただでさえ小さな忍耐の入れ物はもう破裂寸前である。生贄姫なんて、さっさと食べられてしまえばいいのだ。魔物は一体何をグズグズしているのだろう。会ったこともない姉だが、フローラは彼女のことが嫌いだった。見下していたし、軽蔑してもいた。

自分の運命を従容として受け入れるしかない、愚かな娘。十七年も箱に入れられているというのに、そこから飛び出そうという意志も気概も持てない、弱い娘。

それではただ食べられるのを待つだけの家畜と、何が違う？

フローラはそんなの真っ平だった。何があろうと生贄になんてなるものか。離れにいる警備と世話係には、厳重に見張りをするようきつく命じておいた。

もしも「約束の日」の前に、何かが起きては困る。生贄姫はそのために生まれたのだから、ちゃんと使命を全うするべきなのだ。

それなのに——

とにかく早いところ、この落ち着かない状態をなんとかしたい。魔物が同じ敷地内にいると思うだけで、背中がぞわぞわする。いずれ腹に収めるのは同じだろうに、配偶者だの対話だのと、余計な時間と手間をかける意味が判《わか》らない。

早く生贄姫を食べさせる手はないものか。

「そうだわ」

フローラは名案を思いついて、ぴたっと立ち止まった。

どうせ離れにいるのなら、いっそそこに魔物と生贄姫を閉じ込めてしまえばいいのである。魔物もそのうち食欲を出すようになるだろう。その時、二人きりであれば目の前の生贄姫を食べるに決まっている。それで契約は果たされるのだから、後はとっとと帰ってもらえばいいだけだ。

世話係や兵が何人食べられてもフローラの知ったことではないが、それで「生贄姫は取っておいて、後で食べよう」などと思われては困る。

魔物には一刻も早くいなくなってほしいのだ。そしてフローラは今度こそ、なんの憂いも心配もなく、明るく笑って生を謳歌《おうか》したい。

「それに、離れに魔物を閉じ込めてしまえば、わたくしたちも安全だわ」

フローラはそう言って、機嫌よく身を翻した。

この素晴らしい案を国王に教えて、手配してもらわねばならない。自分をスペアとしか見ていない父のことも母のことも大嫌いだが、使える権力は使ってもらわないと。

さっきとは正反対の軽い足取りで、フローラは国王のもとへと戻っていった。

第二章　美しいもの

ずいぶん長い時間がかかったが、世話係がようやくお茶を運んできた。

彼女は、扉を開けて部屋に入ってから一式を調え部屋を出ていくまで、ずっと顔を俯《うつむ》かせたままだった。

テーブルにカップを置く時も、手がぶるぶる震えすぎていて、カチャカチャと音が鳴り続けていたほどだ。それでもなんとか無事ルイの前に着地させることには成功したものの、カップの底が、ソーサーにこぼれたお茶に浸《つ》かっているような状態だった。

四人いる世話係の中ではわりと年嵩《としかさ》で、リーディアともそれなりに長い付き合いであるベテランがその調子なのだから、おそらく他の三人も似たり寄ったりなのだろう。

彼女たちは何をそんなにビクビクしているのかしら、とリーディアは不思議に思った。

五十年前、この国の王が交わした約束の内容について、離れに勤める人間は全員知らされているはずだ。ルイはれっきとしたその契約相手で、召喚陣から現れた上位魔物と身元も確かである。なにも、正体不明の怪しげな不審者が入り込んだというわけでもあるまいに。

そこまで考えて、はっとした。

——もしかして、ルイさまに食べられるのではないかと思っている、とか？

まあ、ひどいわ、とリーディアは内心で憤慨した。

彼のお腹《なか》の中に入るのは、生贄《いけにえ》であるこの自分だけに与えられた権利だ。横入りなんて、許されることではない。もしも他の美味《おい》しそうな誰かがルイの目に留まって先に食べられてしまったら、と考えるだけで、嫉妬のあまり胃がキリキリしてきそうだった。

「ルイさま」

リーディアが表情を改めて正面を見据えると、底からお茶が滴っているのに文句も言わず、カップを口元に持っていったルイが「うん？」と首を傾《かし》げた。

「わたくしのすべては、ルイさまだけのものです」

ぶっ、とルイが茶を噴いた。

「ルイさまも、わたくしだけを選んでくださいますか？」

重ねて質問すると、さらにゲッホゲッホと咽《むせ》た。

「どうか、せめてこの城にご滞在の間だけでも、他の女性にお心を移すことのないよう、お約束いただけませんでしょうか」

ここまで要求するのは生贄としての越権行為にあたるかもしれないが、リーディアは両手を組んで懇願した。

そりゃあ魔物だって食事は不可欠なのだろうから、これからも多くの若い娘を口にするのだろう。

しかしそれはリーディアを食べ終えて、またあの召喚陣を通り魔物の世界に帰ってから、あるいは

他の国に行ってからにしてもらいたい。

このローザ・ラーザ王国においては、リーディアだけがルイにとっての唯一でありたいのだ。

そうでなければ、この十七年、生贄として英才教育を受けてきた自分の立つ瀬がないではないか。

「あ……あのね、リーディア」

下を向いて勢いよく咽ていたルイは、ようやく苦しそうに顔を上げて口を開いた。

「俺はそんなに軽い男じゃないし、ホイホイと女をつまみ食いするような悪癖もないから。むしろ女の子と付き合ったこともあんまり……いや、その、なんだ」

まだ収まっていなかったのか何度か咳《せ》き込んでから、最後に一度大きくゴホンとして呼吸を整える。

そして真面目な顔で、リーディアに向き直った。

「──とにかく、リーディアを貰《もら》い受けたら、それ以降、余所《よそ》には決して見向きしません。俺の一族は、ものすごく一途《いちず》なんだ。一度相手を決めたら、ともに在るのは生涯その人だけだよ」

「まあ……」

リーディアは感激して、自分の胸に手を当てた。

なんという律義な魔物なのだろう。相手（捕食対象）を決めたら、ともに在る（食べて一つになる）のは生涯一人だけ、なんて。こんな生贄冥利に尽きることがあるだろうか。これはリーディアも心してかからねば。

ええ、わたくし、ルイさまに食べられましたらその後は、あなたの血となり肉となって、身体《からだ》の隅々まで栄養を行き渡らせて力になってみせますとも！

リーディアは俄然《がぜん》やる気になって、ぐっと拳を握った。

その途端、くらっと眩暈《めまい》がした。

……あら？

「それでね、リーディア」

カチンとカップをソーサーに戻してから、ルイが姿勢を正す。

「俺は君に、大事な話をしなきゃならない。この十七年、リーディアはいろいろと大変だっただろうと思うし、もしかしたらショックを受けるかもしれない。でも、よく聞いてほしいんだ」

どうしよう、ルイの真顔が二つある。口も二つということは、リーディアの身体を半分ずつに分けたほうがいいのだろうか。

大事な話というからには、きちんと聞かなければならないのに、なぜか頭にあまり入ってこない。

「後で国王とも話をしなきゃならないけど、まずは当事者である君に理解してもらわないと。いいかい、君たちの言う『五十年前の契約』っていうのはね、根本的なところで大きな齟齬《そご》が……あれ、リーディア？　どうした？」

ルイの声に不審げなものが混じった。

眉を寄せ、ソファから腰を浮かしかけるその姿は、確かにリーディアの目に映っているはずなのに、奇妙に近くなったり遠くなったりしている。なぜか、声も聞こえにくくなってきた。

「急に顔色が――」

「申し訳ございません、ルイさま。今になって思い出しました」

「あっ、なんかイヤな予感がする。……何を思い出したって？」

「そういえばわたくし、昨夜から一切の飲食を断っていたのでした」

「は!?」

「食べられる時にお見苦しいことになってはいけないと……お腹を空っぽに」

そこまで言ったところで、ぷつんと目の前が真っ暗になった。

「ちょっ……リーディア！」

ルイが焦って自分の名前を何度も呼ぶ声を、リーディアは薄れゆく意識の中で聞いていた。

誰かにこんなにも名を呼ばれたのは、生まれてはじめてではないかしら。

なんだかとても、ふわふわした、いい気持ち……


気がついたら、リーディアは寝室のベッドで横になっていた。

「あ、起きた？」

天井を背にして、前屈《まえかが》みになったルイの顔がこちらを覗《のぞ》き込んできた。

彼は黙って口を閉じていれば冷たく見える容貌をしているが、こうして頼りなく眉を下げていたりすると、途端に雰囲気が柔らかくなる。

黒い短髪は少し癖があるらしく、ところどころが跳ねているのにそのままになっていて、大らかな性質を感じさせた。

頬から顎にかけての輪郭が、しっかりしていて鋭い。世話係の女性たちのような丸みには欠けるが、威圧感がないのは、こちらに向けられるその黒い瞳がとても澄んで見えるからだろうか。

尖《とが》った耳についたイヤリングの黒水晶が、窓から射《さ》し込む光をきらきらと反射させている。

こんなにもじっくりと人の顔を見る機会なんて、今までになかったことだ、とリーディアはぼんやりと思った。

だってこんな風に自分と正面から向き合ってくれる人は、一人もいなかったから……

そこで、リーディアはようやくはっきりと覚醒した。

「まあ、申し訳ございません、わたくし……」

急いで起き上がろうとしたのを、ルイに手で押さえて止められる。

「そんなに突然動いたら、また倒れるよ。ゆっくりね……この枕にもたれるようにして、うん、そう。気分はどうだい？　大丈夫？」

上体を起こすのに手を貸しながら、枕を動かしたり毛布を掛け直したりして、甲斐甲斐《かいがい》しく世話をしてくれる。非常に丁寧で、繊細な手つきだった。

「ルイさまがわたくしをここに運んでくださったのですか?」

「うん」

「申し訳ございません、重かったのでは?」

「軽すぎて心配になるくらいだったよ。大体ね、昨夜から飲まず食わずなんて無茶もいいところだ。そりゃぶっ倒れるに決まってる」

憮然《ぶぜん》とした表情で苦言を呈して、ルイがベッド脇の小さなテーブルの上にあった食膳を持ち上げ、静かにリーディアの前に置いた。

膳には、グラスになみなみと入った水と、ホットミルクと、パンと、豆のスープが載っている。

「世話係に頼もうと思ったんだけど、みんな俺が声をかけようとすると悲鳴を上げて逃げていっちゃうんだ。しょうがないから勝手に厨房《ちゆうぼう》に入って、適当に見繕ってきた。でもあんまり材料がなくてね、これくらいしか用意できなかったよ」

ルイは肩を竦《すく》めながらそう言って、傍らにあった椅子に腰を下ろした。

リーディアはびっくりした。

この離れはもう用済みになる予定だったのだから、厨房に材料がないのは当然である。そして同じ理由で、スープなども作ってあったはずがない。

「もしかして、この豆のスープはルイさまがお作りに?」

「うん。まあ、この国の料理がどんなもんだか知らないから、俺の流儀で作ったけどね。君の舌に合うかどうかも判《わか》らないけど、少なくとも毒にはならないから、ちょっとだけでも胃に入れておいたほうがいい」

「まあ……」

リーディアは皿に入れられたそれにまじまじと見入ってから、スプーンを手に取って掬《すく》い、口に入れてみた。

いつも食べるものよりはわずかに塩気が強いような気がするものの、とろりとして、豆がほくほくしていて、お腹と胸にしみじみと沁《し》み入る優しい味だった。

自然と、笑みがこぼれた。

「とても美味しいです、ルイさま」

「そう？　ならよかった」

ルイの返事は素っ気なかったが、ぴんと立った尻尾が左右に大きくぶんぶんと揺れた。

「ルイさまは料理がお上手なのですね」

「まあ、仕事であちこちに出かけることが多いからね」

魔物の仕事とはなんであろうか。

影蜘蛛《かげぐも》のような小さい魔物を従えることができるのだから、あちらの世界でも上下関係というのはあるのだろう。あちこちを飛び回り、下を取りまとめ、監視したり指導したり命令したりのお役目が課せられているのかもしれない。大変そうだ。よく判らないが。

「ルイさまもお豆を食べたりなさるのですか」

「食べるよ。豆類は栄養があるからね」

「そんな……豆よりもわたくしのほうが、ルイさまにとって、より良い栄養になれると思います」

「なんで豆と張り合ってんの？　大体、そんな白っぽい顔色で、栄養もへったくれもないでしょ」

「だってルイさまが早くわたくしを食べてくださらないから……いつになったらわたくしは、ルイさまと一つになれるのでしょうか」

「ベッドの上で言う台詞《せりふ》じゃないね！　いいから、さっさと食べて、ぐっすり寝る！　話は明日！」

赤い顔でそう決めつけると、ルイは椅子から立ち上がり、部屋から出ていってしまった。

扉が閉じるのを見届けてから、リーディアはもう一口スープを口に入れる。

ほう、と唇から息が漏れた。

……美味しくて、温かい。

＊＊＊

夢を見た。

昔の夢だ。リーディアがまだ六つか七つか、それくらいの頃だろう。

自分はいつものように、窓辺に座って、絵本を読んでいた。

何度も何度も読み返した絵本を、惰性のように目で追いながら、時々窓の向こうに視線を向ける。本当はこうして本を開かなくとも、中身はほぼ一言一句すらすらと暗唱できるほど完全に、リーディアの頭の中に入っていた。

しかし他にやることがないので、しょうがなく「本を読む」という行為を機械的にこなしているだけなのだ。

本はすっかり擦り切れて、角も丸くなってしまった。一年に一度は新しい本が入ることになっているが、次の機会はまだ先である。リーディアが変な思想にかぶれてはいけないという理由からか、ここに置かれる本はいつも厳重に選定されているものだから、内容はいつも大体似たり寄ったりだった。

それでも同じものを見続けるよりはマシなので、リーディアはその日を心待ちにしていた。せめて図鑑が入るといいのだけど。

……そう、この頃はまだ、「約束の日」以外にも、待つものがあった。

「リーディアさま、お食事ができましたよ」

部屋に入り、声をかけてきた世話係は、懐かしい顔をしていた。

これまでに何人もいた世話係の中で、リーディアが名を知る、唯一の人物だ。

「アンナ」

くすぐったい思いで、はにかみながらその人の名を呼ぶと、アンナは微笑《ほほえ》んでそっと唇に人差し指を当てた。

アンナがリーディアに名を教えてくれたのは、二人だけの秘密なのだ。急いで両手を口に当て、こくこくと頷《うなず》く。

アンナはにっこりして、手を差し出してきた。

これも、他の世話係はしないことの一つである。リーディアはドキドキしながらその手に自分の小さな手を重ね、ぎゅっと握った。

温かくて、柔らかい感触に、胸のあたりがふわふわする。

他の世話係とは違う。アンナは特別なのだ。

アンナはリーディアに向かって、「大事な御身なのですから」とは言わない。食事を残せば窘《たしな》め、熱を出したら眉を下げる。

リーディアの身に何かあったら自分たちの責任になる、という理由ではなく、リーディアのことが心配だから、と言ってくれた。

アンナには齢《とし》の離れた妹がいるのだそうだ。昔から病弱で、治療と薬にお金がかかるから、アンナはこの仕事をしているのだという。どうやらリーディアの世話係は、厳しい制約が多い代わりに、お給金が破格であるらしい。

その妹を思い出すためか、アンナは最初からリーディアに対して同情的だった。表向きは他の世話係と同じ態度で接しながら、二人だけの時は姉のようにあれこれと教えてくれた。

アンナが来てから、リーディアの毎日は少しだけ色づいた。

……でもそれも、ほんのわずかな間のことだ。

他の世話係に気づかれたのか、あるいは警備の兵が何かを見咎《みとが》めたのか、アンナはあっという間に仕事を辞めさせられてしまったのである。妹の治療費を稼がなければならないのに、身一つで城からも追い出された。

優しいアンナ。可哀想《かわいそう》なアンナ。生贄であるリーディアを「人」として扱ったばかりに、罰を受けることになった。

世話係も警備兵も、リーディアの周りに危険がないか気にかけるのと同じくらい、絶えずリーディア自身も監視しているのだと、その時に気づいた。

魔物に喰《く》われるための存在は、誰かに情をかけることも、かけられることも許されないのだ。彼らはそれを警戒し、いつも目を光らせている。

リーディアはただ、大事に育てられ、守られるだけ。

病気や怪我《けが》で弱ることのないように。心身ともに健やかであるように。間違っても「その日」を前にして死なないように。

——決して、逃げ出さないように。

「リーディアさま……申し訳ありません。どうか、どうか、お身体に気をつけて。アンナはいつでもリーディアさまのお幸せを願っておりますから」

離れから出ていく時、アンナは涙ながらにそう言った。

リーディアはそれに頷いた。「ええ、大丈夫よ」と微笑みもした。他の世話係が、こちらに向ける視線を感じながら。

誰に対しても態度を変えてはいけない。微笑以外のものを浮かべてはいけない。一人に向けて特別な感情を抱いてはいけない。

必要以上に関われば、相手が不幸になる。

「わたくしは、この国のために自分の身を捧《ささ》げるのだもの。きっと立派な生贄になってみせるわ」

それが、わたくしの幸せだから。

リーディアの返答に、アンナはまた泣いていたが、兵に拘束され引きずられるようにして離れから出ていった。

その後、彼女がどうなったかは知らない。

そしてそれ以降、リーディアが誰かの名を呼ぶことはなかった。

＊＊＊

どうやら、リーディアは思った以上にたっぷりと寝込んでしまったらしい。

次に目を覚ました時には、もう明け方になっていた。

室内はまだ暗いが、窓の外は空が白みかけている。

建物の中はしんと静まり返っていた。ルイの姿は見えないから、空いている部屋で睡眠をとっているのだろうか。どうやって寝ているのだろう。あれからベッドは運ばれたのだろうか。いやそもそも魔物というのはきちんと夜間に眠るものなのか？

そんなことをつらつらと考えているうちに、どんどん時間ばかりが経過して、外もすっかり明るくなってきた。

しかし一向に、部屋の外から声がかからない。

リーディアはベッドの上で途方に暮れた。

いつもなら、決まった時刻になると、世話係が「お目覚めですか」と声をかけて部屋に入り、着替えから洗面から身支度まで、すべてをてきぱきと采配してくれるのだ。リーディアは彼女らに言われるがまま、腕を上げたり目を閉じたりするだけで、それを終えたら食堂まで足を運んで食事をとる。

その際、料理を出すのも下げるのもお茶を淹《い》れるのも、すべて世話係がしてくれていたので、リーディアがすることといえばフォークとナイフを動かすことくらいだった。

つまり、誰も部屋に来ないと、何もできることがないリーディアは、ベッドから動くこともままならない。

どうしよう、と困っていたら、コンコンと寝室の扉がノックされた。ほっとして、「はい」と返事をする。

「リーディア、起きたかい？」

かけられた声は、世話係のものではなかった。

「ルイさま？　はい、起きております」

生まれてからずっと、何から何まで他人に面倒を見てもらっていたリーディアは、異性に寝起き姿を見られるのが恥ずかしいとか、せめて身なりを整えようとか、そういう発想とは縁がない。了解を得たつもりで扉を開けたルイのほうが、ベッドに身を起こしたままぼーっとしているリーディアを見て、ちょっと驚く顔をした。

「まだ気分が悪い？」

そう問われて、リーディアは首を横に振る。

水分と食事、そして睡眠も十分にとったためか、体調はすっかりよくなっていた。頭を動かしても、もう目が廻《まわ》ることもない。

「大丈夫なようなら、起きる？　お腹も空《す》いただろ？」

「はい、わたくしも起きたいのですが」

「が？」

「世話係が誰も来ないのです」

首を傾げてそう告げると、少しぽかんとした後で、ルイが噴き出した。

「ああ、そういう……そうか、いろいろと問題があるとはいえ、リーディアがお姫さま育ちであることに変わりはないもんな。お世話する人間がいないと、ベッドから起きることもできないんだ」

皮肉というよりは感心するようにそう言って、部屋に入ってきたルイがベッドまで近づいてくる。

枕元までやって来ると、上体を屈《かが》めてリーディアと目を合わせ、口元に笑みを浮かべた。

「あのね、リーディア」

「はい」

「世話係は、いなくなっちゃったんだ」

「いなくなっちゃった？」

繰り返して、リーディアはぱちぱちと目を瞬《しばたた》いた。意味がよく判らない。

ルイは姿勢をまっすぐにし、大げさに肩を竦めた。

「そ。君の世話係は全員、仕事を放棄したか、あるいは揃《そろ》って辞職でも願い出たらしい。この離れにはもう、俺とリーディアしかいない。とはいえ、厨房の食料はたっぷりと補充してあったし、君を飢えさせようという気はないようだ。自分たちは関わりたくないから勝手にやってくれ、って感じかな」

「まあ……」

リーディアは目を丸くした。

未《いま》だ食べられていないとはいえ、「約束の日」を越えたのだから、もうリーディアには生贄としての価値はなくなった、ということなのか。贄《にえ》となるべく生まれ育てられたからにはきっちりと食べものとしての役割を全うせねばならなかったのに、それが叶《かな》わなかったために見限られてしまったと。

この上ルイに見向きもされなくなったら、それこそリーディアがここに存在している意味がなくなる。それは困る。とても困る。

……いや、そんなことは、絶対にあってはならない。

「ルイさま」

「ん？」

「わたくしの賞味期限はいつ頃までなのでしょうか」

「賞味期限？」

「できるだけ新鮮なうちに召し上がっていただきたかったのですが、こうなったら、わたくしが腐ってしまう前に一刻も早く」

「いや腐らないし。女の子に対して賞味期限が云々《うんぬん》だなんて言う男は、最低のろくでなしだよ」

ルイはきっぱり言い切ってから、はあーと大きなため息をついた。

「……ま、その歪《ゆが》んだ価値観はおいおい矯正していくか……とにかくね、リーディア」

「はい」

「世話係がいなくなった今、君は自分で自分の面倒を見なきゃいけないってこと。とりあえずはベッドから降りて着替えよう。そういえば昨日のドレスのままだったね。着脱は一人でできそう？」

「あ、はい……たぶん」

リーディアは自信なげに眉を垂らして頷いた。

正直一度もやったことはないが、この純白のドレスはそもそも死に装束だから極めてシンプルで飾りもないし、このまま食べられても問題がないよう嵩《かさ》もない。脱ぐのは一人でもできるはずだ。

そして普段離れの中で着ているものも、同じように素朴なつくりの服ばかりである。外には出ないのだし、世話係以外と顔を合わせることもないのだから、華美にしたり凝った意匠を施す必要がなかったのが幸いした。

「そういえば、髪は食べる時に邪魔だから切ろうか、なんて言うわりに、服は邪魔だから脱ごうか、とはならないんだ」

にやりと唇の端を上げたルイに言われて、リーディアは目を見開いた。自分の口にぱっと両手を当てる。

「まあ、本当にそうですね……！　わたくしったら、考えが至りませんで」

「ごめんなさい冗談です！　恥じらう姿を期待した俺が馬鹿でした！　待って、今はまだ服に手をかけないで！　俺が部屋を出てからにして！　じゃあ、ちゃんと着替えてね！　くれぐれも脱いだ状態で出てきたらダメだよ！」

慌てて止めてから、ルイは部屋から飛び出していった。

自分で着替えて、自分で顔を洗う。手を出す前は少しまごついたが、やってみれば案外スムーズにこなすことができた。できてしまえば、この程度のこと、他の誰かの手を借りるほどでもないということが判った。

今までそんなこと自体なんの疑問も抱かなかったリーディアのほうに、おそらく問題があるのだろう。

髪の毛を梳《と》かしつけるのは、頼んだわけでもないのにルイが率先してやってくれた。

鏡台の前にリーディアを座らせて、鼻歌を歌いながら櫛《くし》を手にしている。鏡に映る彼の顔は、非常に機嫌がよさそうだ。

「ほんと、リーディアの髪は綺麗《きれい》だよねえ。銀色がキラキラしてるし」

「綺麗、ですか」

「そうだよ。艶があって、サラサラでさ。性格そのまま素直でまっすぐだし。俺の理想を形にしたみたいだ。あ、そうだ、サイドを編んで後ろにまとめてみようか。きっと似合って可愛《かわい》いよ」

「可愛い……」

繰り返して、リーディアは首を捻《ひね》る。

綺麗だとか、可愛いだとか、単語の意味は知っているものの、理解ができない。リーディアは自分の外見について、食材としてどうか、という基準でしか考えたことがなかった。

こちらの当惑には構わずに、ルイは櫛を操ってするすると髪を編み始めた。彼は手先がとても器用だ。素早く髪を分けたり組んだりする長い指の動きに見惚《みと》れそうになる。リーディアには到底真《ま》似《ね》できそうにない。

「俺さあ、こういうのが夢だったんだよねえ」

ルイが笑みをたたえてぽつりと言った。

「夢？」

「ほら、女の人って、気を許した相手じゃないと髪になんて触れさせてくれないでしょ？　だから俺、お嫁さんが安心して自分の頭を預けられるような男になりたいなあ、と思っていてさ」

「はあ……」

自分の頭ならいくらでも触れても齧《かじ》っても構わないが、ルイはよほど「生贄」という言葉を使いたくないのだな、とリーディアは思った。

「あっ、でも、他にもいろいろ夢はあるよ。親父《おやじ》に、嫁を貰ったらまず何をしたいかって聞かれたことがあって、その時にも答えたんだけど」

「お父上さまに？」

上位魔物の父……を想像してみようとしたが、まったく上手《うま》くいかなかった。

「一緒に出かけたり、手を繋《つな》いだり、抱っこしたり、膝枕をしてもらったり、『ルイルイ』って呼んでもらったり」

ルイルイ……？

「それでお父上さまは、なんと」

「何も。無言で、痛々しいものを見る目をされた。だけど、夢を見るのは勝手だと思わない？　甘えたり甘やかしたりしたいでしょ、そりゃ」

「夢……」

リーディアは小さな声で呟《つぶや》いた。

夢というものを語る時のルイの顔は、非常に穏やかだ。

自分の望みはルイに食べられること。それが自分にとっての「幸福」。

でもそれはきっと、ルイの言う「夢」とはまったく違うのだろう。

——そんな気がする。よく判らないけれど。

ルイが目元を緩めて、リーディアの頭をふわりと撫《な》でた。

「慌てなくてもいいよ。ゆっくり考えて、ゆっくり決めていけばいいんだ。夢を抱くことに期限もなけりゃ、取っておいたところで腐りもしない。……よし、できた！」

最後に明るい声でそう言って、ルイは手の中の櫛をくるりと廻した。

サイドを編み込み後ろでまとめた分、顔の輪郭が露《あら》わになってすっきりとした見た目になったリーディアを鏡越しに眺め、満足げにうんうんと頷く。

「俺の腕、意外と悪くないでしょ？　どう？　思ったとおり、この髪型もすごく可愛い！」

リーディアは鏡の中の自分を見て、それからその上にあるルイの顔を見た。

「――はい、そうですね」

微笑んで、自分も頷いた。

可愛いというのは判らないが、ルイがにこにこしているのだから、きっとこれがいちばんいいのだろう。

胸がまた、ふわふわする。


朝食はルイが作ってくれた。

簡単なものだよと本人は言ったが、もともとリーディアは少食なので、量を必要としない。パンとスープを食べたら、それでもうお腹がいっぱいになってしまった。

ちなみにルイも食べた。それはもう、もりもり食べた。誰かと食事をともにしたことがないリーディアには信じられないくらい、たくさん食べた。そんなに空腹なら、なぜリーディアを食べてくれないのか、不思議でしょうがない。

「デザートに、わたくしの目玉などいかがでしょう」

「ケーキをいかがでしょう、みたいな口調で言わない。リーディアはもう食べないの？」

「十分にいただきました」

「少な……ははあ、運動をしないから腹が減らないんだな」

顎を手で撫でながらルイにそう言われたが、その意見には承服できない。ちゃんと身体は動かしている、とリーディアは反論した。

食事も運動も、生命を維持していくためには必要不可欠だ。美味しく食べてもらうため、リーディアには最低限、健康を保つ義務がある。一日の大半を読書に費やしていたことは否定しないが。

「大事なのは、たくさん陽《ひ》に当たることだよ。リーディアの肌は真っ白で、頬もあまり健康的な色とは言えない。今日はいい天気だし、後片付けをしたら、外に出て散歩をしよう」

「えっ？」

至ってあっさりとした調子で言われて、リーディアは思わず問い返した。今日は朝から驚くことばかりだ。

「でもわたくしは、外に出ることを禁じられています」

「誰にかな」

「えっ……と、それはやっぱり、こ、国王陛下、でしょうか？」

ルイに冷静な口調で訊《たず》ねられて、答えに詰まった。

誰の命令によってそうされているかなど、一度も考えたことがない。生まれた時からそのように決まっていて、それが当然だったからだ。

「誰が決めたにしろ、外に出たらいけなかったのは、『約束の日』まで。そうだろ？　だから昨日、リーディアはここを出て、あの地下室へと向かった。それ以降のことは、くだらない命令の管轄外だ。君はもう檻《おり》の中にい続ける必要はない」

「で、でも、扉には外から錠が下りて」

「すべて外したよ」

「えっ、でも、警備兵に止められて」

「連中も全員撤退した。さっきも言ったけど、この離れにいるのは、正真正銘俺と君だけだ。出入りは自由、何をしようがどこへ行こうが自由。兵たちは今頃、別のところで見張りでもしているんじゃないの。……警備に囲まれて、箱の中に閉じこもり、怯《おび》えて外に一歩も出られないのは、今度はあちらのほうさ」

後半の台詞は、低く抑えられた声で呟かれた。ルイが浮かべている笑いは、リーディアに向けられる陽気なものではなく、どこか冷ややかに醒《さ》めたものだ。

「……でも」

リーディアがなおも逡巡《しゅんじゅん》して目を伏せると、ルイは片眉を上げた。

ガタンと音を立てて椅子から立ち上がり、真面目な表情でリーディアに向かって手を差し伸べる。

「――うん、決めた。片付けは後回しにして、先に散歩をしよう。さあ、行くよ、リーディア」

昨日地下室で王にそうした時のように、否を許さない言い方だった。

リーディアはしばしためらってから、差し出されたルイの手を取った。

＊＊＊

扉の錠は、外されているというより、完全に破壊されていた。厳重にかけられていたのであろう閂《かんぬき》も、見事にぼっきりと真っ二つに折られている。

誰がやったのか、リーディアは考えないことにした。

ルイに手を取られて、一歩外に出ると、途端に眩《まぶ》しい光が自分に向かって注がれた。暗い中からいきなり明るい場所に出て、視界が白く染まる。

リーディアはぎゅっと目を閉じて、下を向いた。ルイの手を握る自分の手に、知らず力が入る。

「……リーディア、目を開けて、ちゃんと周りを見て」

かけられた言葉に、ふるふると首を横に振った。

「無理です……眩しすぎて、くらくらします」

「これが外だよ。リーディアは昨日、宰相に先導されてここに来る時も、ずっと下を向いていたよね。もしかしたら、ここを出て城の地下室に向かう時もそんな感じだったんじゃないの？」

「………………」

そのとおりだ。

リーディアは最初から最後まで下を向いたまま、その場所へと案内をする世話係の足元だけを見て、同じように自分も足を動かしていただけだった。だからここに戻る時も、道順がまったく判らず、宰相に先導してもらったのだ。

だってもう戻ることはないのだから、道を覚える必要なんてなかった。

それに、顔を上げたら、嫌でもいろんなものが目に入ってしまう。

「――怖いの？」

ルイの静かな問いかけに、ぴくりと肩が揺れた。

「何が怖い？　何を恐れる？　自分の身を差し出すことすら、恐怖も躊躇《ちゆうちよ》もない君が。影蜘蛛と呼ばれるアレを見ても、召喚陣から現れた俺を見ても、リーディアは顔色一つ変えなかった。……なのに、その君が今はほら、こんなに震えてる」

縋《すが》るようにルイの手を摑《つか》んでいた手を、ぐっと握り返された。震えているのはそこだけではない。足も、身体もだ。

「顔を上げて、リーディア」

ルイの柔らかな声に背中を押され、リーディアはようやく決心して目を開け、顔を上げた。

すぐ前に、ルイが微笑んで立っている。

彼の後ろには、鮮やかな緑の葉を茂らせた背の高い木々が、ずらりと囲むようにして並んでいた。

ふわっと吹く風がリーディアの髪を揺らし、頰を撫でていく。建物の中よりも、空気がずっと暖かい。靴の裏からは、小石のでこぼこした感触が伝わった。

どこもかしこも陽が反射して、まるで白い輝きが踊っているようだ。

頭上には、紺碧《こんぺき》の空が果てしなく広がっていた。すべての色彩が鮮やかで、氾濫しているのに調和していて、目が痛いくらいに明るい。

どくどくと血液が巡る。青白い頬に熱がのぼった。

これが、外の世界。

なんて広々として――なんて。

……美しいのだろう。

「今日の空は、リーディアの瞳とまったく同じ色だね。風になびいて揺れる銀色の髪が陽の光に反射して、家の中にいた時よりもキラキラと輝いてる。君は外に出たほうがずっと綺麗だよ」

ルイが嬉《うれ》しそうな笑顔になった。

「最初はとりあえず、建物の周りをゆっくり歩くだけにしようか。最初から張り切りすぎて、また倒れたりしたらいけないから」

そう言って、リーディアの手を握ったまま歩き出す。どこか覚束《おぼつか》ない足取りで、リーディアも彼に従い、ゆっくりと歩を進めた。

生まれた時から住んでいた離れとはいえ、実際にこの目で見ると、中と外とでは、まったく印象が異なっていた。

リーディアは建物の裏手に乱雑に荷物が置かれているのを見てびっくりしたし、井戸があるのも知らなかった。いつも窓から見えていた景色は、小さな四角に切り取られただけの、本当にごく一部でしかなかったのだ。それを痛感した。

ルイは歩きながらずっと他愛《たわい》ない話をしている。空を指差して鳥が飛んでいると教えてくれたり、地面を示して小さな花が咲いていると見せてくれたり。

「どう？　リーディア。外は楽しいかい？」

楽しい？

リーディアは自分の胸に手を当てて考えた。

楽しいって、どういうことなのか判らない。今まで、一度も経験したことがない。けれどこれまで感じたことのない鼓動の高鳴り、弾むようなこの気持ちを、「楽しい」と呼ぶのなら、たぶんそうなのだろうと思う。

「ルイさまは？」

「俺？　俺はそりゃもう、楽しいよ！　だってさ、『一緒にお出かけして』『手を繋ぐ』、この二つの夢が同時に叶ったからね！」

その返事とともに、尻尾がパタパタパタパタッと跳ねるように振られた。

鞭《むち》のような外見のその尻尾は、ルイの感情に合わせて大変柔軟な動きを見せる。そしてたまに、鏃《やじり》に似た先端部分が、お辞儀をするかのようにぴょこぴょこと曲がったりもする。まるでそれ自体が、小さな生き物のようだ。

ムズムズするものを押さえ込むのに、ちょっと苦労した。

「……ルイさま」

「ん？」

「わたくし、『可愛い』というものが、少し理解できた気がします」

「うん……？　それはよかった。可愛いって、花？　それとも鳥かな」

けっこう大きな鳥だけど、と空を見上げてルイが言う。

「――ふふっ」

リーディアは口元を綻ばせた。

ルイは視線を戻して、一つぱちりと瞬《まばた》きをしてから、眩しいものでも見るように目を細めた。

「そういえば、ルイさま？」

今になって思い出し、彼の顔を見る。

「なんだい？」

「昨日、わたくしが倒れる前に、『大事な話がある』とおっしゃっていましたが……」

「ああ、あれね、うん」

ルイが少し笑う。

「あれは、もういいんだ」

あっさり言われて、リーディアのほうが戸惑った。

「もう、いい……？　ですけど、わたくしが聞いておかなければいけないことだったのでは？」

「いずれちゃんと話はするよ。でもそれは今じゃないなと気がついたんだ」

「そう……なのですか？」

食べられる時の心構えとか、そういうことかしら、とリーディアは首を捻った。だったら、口に入れられるまでに教えてもらえるのだろうか。

「やり方を変えようと思ってさ」

ルイはなんとなく楽しげにそう言った。

＊＊＊

魔物が現れてから、三日が経《た》った。

ローザ・ラーザの国王は、毎日を怯えて暮らしている。

公務は最小限にして、私室に閉じこもることが多くなった。この同じ空の下、しかも同じ敷地内のすぐ近くに魔物がいると思うと恐ろしくて、昼間でも窓とカーテンを閉め切っているため、風は入らず、薄暗い。

そして私室の扉の前には、警備兵の数を以前の三倍にして配置した。

新しく兵を入れたわけではなく、もともとの人数は同じなので、一人当たりの兵の勤務時間が増えることになる。それでは彼らの疲労と負担が激増する、と責任者からは苦言を呈されたが、どうにかしろと一蹴してやった。

王を守るのが兵たちの仕事なのだから、危険が増えたら守りを厚くするのは、当然のことではないか。

信じられないことに、王妃は幼い王子と王女たちを連れて、実家に帰ってしまった。夫である自分も、公務も放り出して、安全圏へと避難したのである。なんと無責任な話だろう。こういう時こそ王を支えるのが、妃《きさき》たる者の役目だろうに。

第一王女はさっさと婚家へと戻り、その後は連絡もない。普段は用もないのにしょっちゅう城にやって来るくせに。

王と同様、城から出ていくわけにはいかない王太子と宰相からは、毎日のように抗議と催促の嵐だ。

早く事態を改善しろ、と。

勝手なことを言いおって、と腹立たしい限りである。そんなことを要請してくるくらいなら、自分たちでやればいいではないか。

いくら国王だとて、魔物相手に人間がどう太刀打ちできよう。大体なぜ一国の王が、そんな危険に身をさらさねばならないのだ。

だからこそ、第三王女の提案に飛びついたのである。離れの世話係と警備兵を撤退させる際には、外側から錠をかけ、門もかけることを命じた。それでは中に魔物と生贄姫だけが取り残される、と大司教に反対されたが、そもそもそれが目的に決まっているので、相手にもしなかった。

勝手に離れに居座っているのはあの魔物なのだ。せめて建物の中で大人しくしていてもらわねば、こちらの精神が保《も》たない。

——一日も早く生贄姫を喰って消えてくれ、と国王は願うように思った。

閑話　ルイの決心

空腹で目を廻《まわ》して倒れたリーディアに飲み物とスープを渡して部屋を出たルイは、しばらくしてから様子を見るため、そっと再び寝室の扉を開けた。

リーディアはベッドの中でぐっすりと眠り込んでいた。食膳の上の器はすべて綺麗《きれい》に空になっている。

あまり女性の寝顔をじろじろ眺めるのはいけないかもしれないと思いつつ、でもこれは看病の一環だからと内心で言い訳して、ルイは眠る彼女を見つめた。

温かいスープを口にしたからか、多少は血色がよくなったようでほっとする。倒れた時は本当に真っ白な顔色をしていたので、かなり肝を冷やした。

……そりゃあ、昨夜から何も食べていないんじゃ、無理もないよなあ。

ただでさえリーディアは華奢《きゃしゃ》である。言動はおかしなところが多々あるが、外見は儚《はかな》げな美少女そのものだった。手足も細くて、健康的とはお世辞にも言えない。腰なんて、ルイの両手で摑《つか》めそうなくらいだ。

「とにかく、もっとたくさん食べさせてやらないと」

そんなことを呟《つぶや》きながら、空になったスープ皿やコップを載せた膳を持ってリーディアの寝室を出たら、端のほうでこそこそと話をしていた世話係たちが、ぱっと一目散にその場から逃げていった。

ルイはこの見た目で人に避けられるのは慣れているので、世話係や外にいる警備兵たちから向けられる恐怖と嫌悪の目など、今さらどうということもない。しかしこれでは、彼女たちから話を聞くことも、それどころか会話をすることさえ難しそうだ。

「とすると、どうするかな」

厨房《ちゆうぼう》に入って、ひとりごちる。

あの状態のリーディアにこれ以上の負担をかけるのは憚《はばか》られる。まずは睡眠と食事をたっぷりとらせて、もっと落ち着いてから彼女と話をするべきか。

この件の、根っこにある問題について。

「……まったく、じいさまもいい加減なんだから」

五十年前、きちんと書面で契約を交わしていたら、こんなややこしいことにならずに済んだのである。祖父が取りこぼした仕事の報酬を受け取りに来てみれば、まさかこのような状況になっていようとは、誰が思おうか。

しかしそれでも、最初のうちはルイもまだ事態を楽観視していたのだ。このおかしな誤解とすれ違いは、話し合いで解決することができるだろうと。

だからまずは当人であるリーディアにきちんと説明しようとして、この離れに来たのだが――

正直、愕然《がくぜん》とした。

周囲を囲む木々、頑丈すぎる錠、鉄格子の嵌《は》まった窓。

この離れは、「閉じ込める」という目的があまりにも露骨な建物だった。

こんな環境に十七年間も置かれていたら、そりゃ考え方も価値観も歪《いびつ》なものになって当然だ。

そしてリーディアの話を聞いたら、胸糞悪《むなくそ》さは余計に増大した。

家族と一度も顔を合わさず、自分以外の誰の名も知らず、することといえば読書くらいしかなかった、だって？

ウソだろ、と呻《うめ》くしかない。

――これでは本当に、この離れの中で飼われているようなものではないか。

リーディア本人がそのことをなんとも思っていないようなのが、なおさら胸にこたえる。これはあんなにも当然のように受け入れていいことではない、絶対に。

それでもせめて、彼女の父なり母なりが、慌てて釈明にでも飛んで来ればよかったのだ。嘘《うそ》でも開き直りでも事情を述べて、ただの形式だとしてもリーディアに向かって謝罪してくれれば。

なのに。

「だーれも、来やしない」

ルイは苦々しく呟いた。

あれから結構な時間が経《た》っているというのに、両親どころか、関係者はただの一人もこの離れに姿を見せなかった。ここまで道案内をした宰相は、すぐさま逃げ帰ってそれっきりだ。一体この城は——いや、この国はどうなっているのだろう。

「話ならいくらでもしてやるのにさ」

ルイが彼らに危害を加えるつもりなら、最初からもっと違う行動に出ている。そんなことにすら、考えが及ばないらしい。

まがりなりにも一国の王なら、もっとちゃんと事態を把握しようとするものではないかと思うが、ロー・ラーザでは「見たくないものは見ない」という考えが一般的なのだろうか。

ぶつぶつ文句を言い続けていたら、いろいろとうんざりしてきた。まあいいやぜんぶ明日にしよう、と投げやりに考えて、仮眠を取るべく居間のソファに寝転がる。仕事の時には地面で眠ることもあるので、ルイにとってはこれで十分だ。

——しかし、甘かった。

ルイが思っていた以上に、この城の連中はろくでもなかった。

夜中、ごそごそという物音で目を覚まし、気配を窺《うかが》っていたら、世話係たちは全員、離れの建物から出ていってしまったのだ。

窓から覗《のぞ》いてみると、ぞろぞろと城のほうへと戻っていく警備兵たちの背中も見えた。

きっちり建物の中を片付けて、余計な荷物一つ残していかなかったところを見るに、単に呼び出されただけというわけでもないのだろう。世話係たちの休憩室になっていた部屋を覗いてみたら、ものの見事に空っぽだった。

がらんとした室内は、彼女らがもうここに戻る意志がないことを示している。

あっという間に、この小さな建物内には、ルイとリーディアだけが取り残された。

唯一の出入り口である扉を開けようとしたら、外から錠がかけられていた。押しても引いてもびくともしないので、閂《かんぬき》もかけられたらしい。

つまり「あちら」は、この建物の中にルイとリーディアを放置して、知らん顔を通すことを決めた、ということだ。

「魔物と生贄《いけにえ》」と思っていてもなお、密室内で二人だけにする。それが何を意味しているのかは、考えるまでもなく明らかである。

そりゃ、説明を求めたり、弁明をするためにやって来るはずがない。連中はルイどころかリーディアさえ、自分らと同じ「人」として見るつもりがないのだから。

「……あ、そう。そういうこと。ふーん」

ルイは薄《うっす》らとした笑いを顔に張りつけた。

この時点で、心を決めた。

リーディアのためにも友好的に、なんて考えた自分が間違っていた。そちらがそのつもりなら、ルイも勝手にやらせてもらうまでである。

言葉で解決するのはやめだ。国王のほうは、あちらから乞われない限り、説明も訂正もしないでおく。せいぜい恐ろしい魔物の幻想でも見続けていればいい。

リーディアに対しては、やり方を変える。

……まずは心のほうを変えなければ、彼女の複雑な内面は解きほぐせない。

箱の中で育ったリーディアは、身の裡《うち》にも頑丈な檻《おり》があり、そこに大事なものをしまいこんでいるようだ。ひっそりと隠れ、外に出るのを彼女自身によって阻まれながら、それでもちゃんと、静《せい》謐《ひっ》な輝きを放っている。

なんとしても、それを引っ張り出してやろう。すべてはそれからだ。

「――錠と閂くらいで、俺を閉じ込められると思うなよ」

ルイは唇の端を上げると、二本の指を立て、呪を唱え始めた。

第三章　食事をするということは

世話係たちがいなくなった日から、リーディアはできる限り、「自分で自分の面倒を見る」ことを実行しなければならなくなった。

洗面や着替えはもちろん、ベッドメイキング、部屋の掃除、使った食器の片付け、簡単な洗濯、その他にも細々とした、けれど快適に生活していく上で必要不可欠なことだ。

今までのリーディアは日々の入浴を欠かさなかったが、薪で火を焚《た》いて湯を沸かすのはルイがやってくれたものの、身体《からだ》を洗ったり拭いたりするのは断固として手伝ってくれなかったので、これも自分一人でやることになった。

慣れない労働は戸惑うことのほうが多い。なにしろリーディアは、本で得た知識はあっても、それを実践してみる機会は一度としてなかったからだ。

ルイは辛抱強く一から教えてくれるが、上手にやれないことも、失敗も、たくさんあった。

そんな生活を数日続けたら、本と食器類くらいしか持つことのなかったリーディアの手は、あっという間に赤くなってしまった。重いものを運べば皮が剝《む》けたし、水仕事をすれば荒れた。

腕も、足も、腰も痛くなったし、夜は疲労からすぐに眠くなる。そもそも体力がないから、何をしても早々に息切れするくらいだった。

自分の身体はなんて脆弱《ぜいじゃく》なのだろう――とは思うが、それを嫌だとか苦しいだとかは、一度も思わなかった。むしろ、毎日が目新しいことの連続で、リーディアは積極的になんでもやりたがった。

与えられた仕事をこなすのには時間がかかったし、途中でつまずくこともある。うっかりすると、小さな怪我《けが》を負うこともある。

でも、リーディアの身体に傷がついていても、怖い顔で叱る人も、くどくどとお説教をする人も、ここにはもういない。手当てをしてくれるルイは、「今度からは気をつけてね」と言うだけだった。

最初からなんでもできなくて当たり前。一つの失敗は、次の成功につなげればいい。大事なのは、経験したことをどう活《い》かせるかだと、ルイは教えてくれた。

この仕事は、どうすれば効率的にできるか。どうやったらなるべく負担を少なくできるか。一度やってみて、または何度も繰り返し、次回の教訓とする。働くには自分の手足だけでなく、頭も使わねばならないと知った。

動いて、計画して、挑戦する。

リーディアにとっては、そのすべてがはじめてのことだった。

そして、他にも大きな変化がある。

日に一度は外に出て、散歩をするようになったのだ。

ルイと一緒に建物の周りを歩くだけだが、それでも外では毎回何かしら、「昨日とは違うこと」があった。昨日は蕾《つぼみ》だった花が今日は開いていたり、虫がすぐ目の前を横切るようにして飛んでいったり、吹いてくる風が冷たくなったり暖かくなったり。

リーディアはその花や虫の種類は知っていても、花弁に直接触れたり、羽音を間近で聞いたりしたことはない。天候の変化や気温の上下があることは知っていても、匂いで感じたり、暑さで汗をかいたりしたことはなかった。

「リーディア、無理はしなくていいからね。大変だったら、ちゃんと言うんだよ」

ルイは何度もそう言ったが、リーディアは毎回、首を横に振った。

「大変……ではありますが、無理はしていません」

「そう？　でも、朝から晩までずっと動きっぱなしだからさ」

「なんだか最近、時間が経《た》つのがとても早いような気がして、じっとしていられないのです」

以前は長くてたまらなかった一日が、近頃はみるみるうちに過ぎていく。本を開いている暇なんて少しもないが、それを残念に思う気持ちはこれっぽっちもなかった。

リーディアのその言葉を聞いて、ルイは「そっか」と呟《つぶや》くように言い、口元に優しい笑みを浮かべた。


そんな日々を続けていた、ある日のこと。

夜になって、身を清めたリーディアが居間に入ると、ソファでルイが横になり、眠り込んでいた。

「まあ……」

珍しい、と思いながら、そっと足音を忍ばせて傍らまで寄っていく。床に膝をついて覗《のぞ》き込み、ついまじまじとその寝顔に見入ってしまった。

わずかに開いた唇からすうすうと寝息をこぼすさまが、なんとも愛らしい。目を閉じていると、普段よりもちょっとだけ幼く見えて、リーディアは笑みを漏らした。

ルイは言動が軽いわりに慎重で、物知りで、いつも頼りになる。リーディアの無知を笑いも呆《あき》れもせず、しっかりと導いてくれるところは、まるで子どもと大人くらい違う。

しかしそんな彼が、今はなんとも無防備だ。

寝顔を見せるくらい自分に気を許しているのだとしたら、それはとても喜ばしいことに思えた。

——早く、わたくしを食べる気になってくだされぱいいのに。

それだけが残念で、リーディアは眉を下げた。

ルイはきっと、ぷよぷよした身体は好みではなくて、リーディアにある程度の筋肉がつくのを待っているのだろう。もっと努力して、噛《か》み応えがあるお肉にならなければ。

そんなことを考えながら眺めていたら、ルイの癖のある髪が目にかかっていることに気づいた。払ってあげようと、自分の指を彼の額にそっと近づける。

起こさないように——と細心の注意を払ってドキドキしていたものだから、ルイが身じろぎしたことに、かえってビクッと反応してしまった。その拍子に、少しだけ指先が黒水晶のイヤリングに触れる。

シャラン、という、本当にかすかな音がしただけなのに、突然ルイがぱちっと目を開けた。間髪をいれずに自分の手首を強く摑《つか》まれる。その素早さと勢いに、リーディアは驚いてそのまま固まった。

「……今、耳飾りに触った？」

どんな失敗をしても怒らないルイが、怖いほどに厳しい顔をこちらに向けている。

鋭い眼差《まなざ》しは緊張を孕《はら》んでいて、とんでもないことをしたのだと悟ったリーディアは身を縮めた。

「も……申し訳、ございません」

きっとルイにとって、このイヤリングは非常に重要な意味を持つものなのだろう。もしかしたら、魔物界の宝なのかもしれない。リーディアのような生贄《いけにえ》風情が、不用意に触れていいものではなかったのだ。

ルイを怒らせてしまった。そう思っただけで、心臓が大きな手でぎゅうっと握り潰されたように苦しくなる。

「答えて、リーディア。今、これに触った？」

起き上がり、真面目な表情で問い詰めてくるルイに、リーディアは頭《こうべ》を垂れた。

「はい……少し。大変申し訳ございませんでした。この罰はいかようにもお受けいたします。たとえこの身を引き裂かれても……その際にはせめて、ルイさまに腕の一本くらいは召し上がっていただけるのでしょうか」

「いや意味が判んない。……それよりもリーディア、大丈夫だった？」

「はい？」

リーディアが顔を上げると、ルイはじっとこちらを覗き込んでいた。その瞳は怒気ではなく、気づかわしげなものをたたえている。

「黒水晶に触れても、なんともなかった？　痛くなかった？　弾《はじ》かれたりは？」

「え……はい、何も」

「ちょっと、見せてもらうよ」

ルイは掴んでいたリーディアの手首を放すと、改めて自分の両手で包むようにして、注意深く観察し始めた。引っくり返したり、指を一本ずつ順に確認したりしている。

「あの……」

「――本当に、どこにも異常がない。変だな、普通なら弾かれるだろ……なのに何も反応しないなんて……リーディアを拒絶しなかった、ってことか……？　なんでまた」

丹念に調べながら、ぶつぶつと何事かを呟いている。

「ルイさま？」

「ん、いや、何もなければいいんだ。いきなり手首を掴んで悪かった、びっくりしただろ」

ルイの周囲の緊迫した空気が緩んで、リーディアもようやく全身の強張《こわば》りをほどいた。

どうやらルイは怒っていたのではなく、心配していたようだ。

「いいえ、わたくしこそ、勝手な真似《まね》をして」

「いや、俺がちゃんと言っておかなきゃいけなかったんだ。この耳飾りはちょっと特殊でね、一族の者以外が触れると、危険な場合もある」

「そうなのですか……」

やっぱり魔物の宝だったのだ、とリーディアは納得した。きっと貴重なものなのだろう。だとしたら相当に不躾《ぶしつけ》なことをしてしまった。

「しかし、そうか……リーディアは平気なのか……」

ルイはしばらく考えるように視線を宙に流してから、再びリーディアのほうをまっすぐ向いた。

「リーディア、ちょっといいかい？」

「はい」

「少し試してみたいんだけど」

そう言いながら、ルイが自分の手を右の耳へと持っていく。ごそごそ指を動かしていると思ったら、外したイヤリングをリーディアの目の前にかざした。

「手を出して……そう。これから、この耳飾りを少しだけリーディアに近づけるからね。無理はしなくていい。少しでも痛みを感じたら、すぐ言って。もしかしたら、バチッと弾かれるかもしれないけど、その場合もすぐに手を引っ込めて」

「はい、承知いたしました」

よく判《わか》らないながら、リーディアはルイに言われるがまま、自分の手を差し出した。

ルイがイヤリングを少しずつ、指先に近づける。じりじりとした、もどかしいほどにゆっくりした動きだった。そこを注視しているルイの目は、ぴんと張り詰めたように真剣そのものだ。

触れるか触れないか、という距離になっても、リーディアはなんの痛みも感じない。

少しためらってから、ルイが黒水晶をリーディアの指先にちょんとくっつけたが、それでもなんともなかった。

ルイの表情が、次第に困惑を帯び出してくる。

「……リーディア、本当に、少しでも異常を感じたら逃げてね」

何度か同じようなことを繰り返した後で、ルイが意を決したようにそう言った。

時間をかけて、そろそろとイヤリングをリーディアの手に載せる。ルイはじっとリーディアの顔を見て、わずかな変化も見逃さないようにしていた。

小さなイヤリングの全体が掌《てのひら》にすっぽり収まっても、特に異変はない。

リーディアは、自分の掌の上の黒水晶をじっと見つめた。宝石の良《よ》し悪《あ》しはよく判らないが、とても綺麗《きれい》な結晶体だと思う。細長くて、先端が尖《とが》っており、なんだか神秘的な輝きを放っている。

もう片方の手でそっと撫《な》でてみたら、さらにその輝きが増したような気がした。

それを見て、ルイは大きく目を見開いた。

「ウソだろ……黒水晶が完全にリーディアを受け入れてる……ていうか、懐いてる」

唖然《あぜん》として呟かれたが、リーディアにはまったく意味が判らなかった。

＊＊＊

世話係たちがいなくなってから十日が過ぎた。

その日の朝、リーディアが着替えをして寝室を出ると、建物の中はしんと静まり返っていた。

厨房《ちゅうぼう》を覗いても、食堂を見回しても、ルイの姿はどこにもない。

いつもなら、この時刻には、目覚めの早い彼はもう支度を済ませて、厨房に立っている頃だ。

「おはよう、リーディア」と挨拶をして、食事にしようか、今朝は何がいい？ と訊《たず》ねてくれるはずなのに。

「……ルイさま？」

もしかしたらまだ眠っているのかと、そろりと居間の扉を開けて声をかけてみたが、どこからも返事はない。

がらんとした室内は今しがたまで人がいたような気配もなく、空気が冷え切っている。いつも彼が寝床として使っているソファには、毛布が畳まれた状態で置いてあるだけだった。

「また、どちらかにお出かけされたのかしら……」

リーディアは当惑して呟いた。

ルイはたまに、離れからふっと姿を消すことがある。

どこに行っているのか、何をしているのかは、判らない。

最初のうちこそ、まさか魔物の世界に帰ってしまったのではと不安になったが、毎回すぐに戻ってくるので、リーディアはそのことをあまり気にしないようにしていた。行き先についても、訊ねたことはない。

リーディアには、彼の行動を制限したり詮索したりする権利などないからだ。リーディアとは違って、こんな小さな建物の中にずっといたら、息が詰まってしまうのだろう。城の中を自由に行き来できるのかは謎だが、ルイは大事な客人でもあるし、そこは目こぼしされているのかもしれない。

しかし今までは、こんな朝早くからいなくなることはなかった。たぶんまたすぐに戻るのだろうと自分に言い聞かせても、なんだか落ち着かなくてそわそわする。

ルイが来るまではまったく平気だったのに、今は「一人」の状態が、ひどく心許《こころもと》ない気がした。足はちゃんと床についているはずなのに妙に頼りないような、ぽっかりと心の中に空洞ができるような――この感情を、なんと呼ぶのだろうか。

窓から戻ってくる彼が見えるかも、とそちらに寄っていったら、ルイの代わりに、情けない表情をした娘がガラスに映っていた。

その娘は、リーディアがこれまで見たことのない顔をしている。鏡の中の自分は、いつでも変わらず微笑《ほほえ》んでいたはずだ。こんな、今にも泣き出しそうな表情は知らない。

まるで、同じ顔をした他人のよう。

「だめよ、そんな顔をしては」

リーディアは、窓ガラスに映ったその娘を窘《たしな》めた。

「いつものように笑っていないとだめよ。わたくしはルイさまに気分よく食べていただけたら、それで幸せなんだもの」

きっと、何もしないでいるのがいけないのだ。ひたすら動いていると、意外と他のことは何も考えずに済む。ルイが戻るのをじっと待つのではなく、何かをしていよう。

「そうだ、お茶の用意をしてみましょう」

残念ながら、リーディアにはまだ一人での料理は許されていない。家事については赤子同然のリーディアが包丁やナイフを扱うのは危険すぎる、とのルイの判断からである。

従って朝食の用意をするというのは無理なのだが、お茶の支度くらいならリーディアにもできるというか、正直言ってそれもあまり上手ではないが、なんとか一通りの流れくらいは理解している。

お湯を沸かし、ポットとカップの準備をした。ルイが帰った時、リーディアが淹《い》れたお茶を差し出したらどんな顔をするだろうと思ったら、なんとなく胸がぽんぽんと弾んでくる。

指示をされる前に、リーディアが自発的に何かをするのはこれがはじめてだ。ルイは驚くだろうか。

用意されたものを見て、何を言ってくれるだろう――笑ってくれるだろうか。

が、茶葉を出そうとして、手が止まった。

「ない……」

入れ物の中は、もう空っぽになっていた。他のところに予備はないかとあちこち探してみたが、どこにもない。

そして、足りないのは茶葉だけでないことにも気づいた。

世話係たちが置いていった食料が、そろそろ底を尽きつつある、ということだ。

今のところまだリーディアを食べる気にならないらしいルイが口にするのは普通の人と同じようなものばかりで、しかも量も多く消費するのだから、当然の結果であるとも言えた。

新しく食材を取りにいくか、持ってきてもらうよう頼むか、どちらにしろ動かねばならない。

しかし……

「わたくしがお城に出向いてお願いする――のは、無理よね、きっと」

リーディアはようやくこの建物の周囲を歩くようになったくらいで、一人ですたすたと城の厨房へ向かっていけるほどの勇気はない。それに道も判らない。

そもそもリーディアの存在を知っているのは王族を含めごく少数なのだから、話をする以前に、不審者として兵に捕まる可能性のほうが高い。

「まあ……困ったわね」

こちらからの連絡手段がないという問題に今になって直面し、リーディアは頬に手を当てた。なるほど、取り残されるとはこういうことか。

このままでは、自分はともかく、ルイが不便を感じるのではないだろうか。それとも、食べものが完全になくなった時こそ、彼はリーディアに食指を伸ばすのだろうか。

その時、外のほうでゴトゴトという物音がした。

ルイが戻ってきた――と思い、リーディアはほっとした。彼を出迎えて、それからこのことを話してみよう。

扉を開け、「おかえりなさいませ」と口を開けかけたリーディアは、そこで動きを止め、目を瞬《またた》いた。

外にいたのは、ルイではなかったのだ。

「やあ、どうも」

その男性は、出てきたリーディアを見て少し目を丸くしたが、すぐににこやかに笑って、気安い調子で挨拶をした。

二十代後半くらいだろうか。背が高く、痩せている。捲《まく》られた袖から出ている腕はしっかりと筋肉がついていたが、警備兵のようなごつごつとした感じはなかった。

服装もリーディアが目にしたことのないような、素朴なシャツとズボン。腰から下は、元は白だったと思われる灰色の前掛けに覆われている。

城の使用人であることは間違いなさそうだが、世話係と警備兵以外に他人と接することのなかったリーディアには、彼がどんな仕事をしているのかも判らなかった。

「えーと、君がここの責任者かな？　ずいぶん若いね。侍女って感じでもないし、下働きの子にしちゃ、着ているものの質がいいな。おっと、もしも身分の高いご令嬢だったら、勘弁してくださいよ。なにしろ俺はしがない料理人で、しかも見習いだ。礼儀がなっていないことには目を瞑《つぶ》ってくださいや」

明るい口調でぺらぺらとそんなことを言って、頭に乗せた帽子を申し訳程度にちょんと上げる。長い前髪の間から、焦げ茶の目がニコニコと愛想よく笑っているのが見えた。

「ええと……」

彼が料理人見習いで、リーディアのことは何も知らないようだ、ということだけは判った。五十年前、王が魔物と契約を交わしたことはこの国の機密事項であるらしいので、当然生贄の存在なんてものも周知はされていないだろう。

しかしだとすると、なんと説明したものか。

「いやいや、お構いなく。俺はただ上に言われて、ここに食材を運んできただけなんですから。何かいろいろと事情があったとしても、うるさく聞いたりはしやしません。俺は渡す、お嬢さんは受け取る、それで問題なしだ。そうでしょう?」

考える必要はなかった。男性は一人で説明して、一人で納得し、一人で話を終わらせてしまったからである。

リーディアは自身もおっとりしているが、周りにいた世話係たちも「ゆっくり静かに上品に」という人間ばかりだったため、彼の目まぐるしいお喋《しゃべ》りになんとかついていくのがやっとだ。

しかしとにかく、彼はここに食材を持ってきてくれた、ということのようだ。ちょうどいいタイミングだったと、リーディアは安心した。

見れば、台車の中には野菜や肉がどっさりと詰め込まれている。

世話係と兵はあれっきり姿を見せないが、自分たちは完全に放置されているわけでもないらしい。

「こんなにたくさん運んでくれたのですね。重かったのではないですか?」

「台車に載せてしまえばそうでもありませんよ。おや、もしかして、これを見るのははじめてで?」

珍しげに台車を眺めているリーディアに、男は一瞬目を眇《すが》め、首を傾《かし》げた。

「ええ……わたくし、あまりものを知らなくて。あの、どうもありがとうございました」

「やあ、お嬢さんのような美人さんに礼を言われると照れるなあ。あ、俺、エドモンドっていうんだ——いうんです」

さらっと自分の名を教えてしまうあたり、彼は本当に何も知らされていないようだ。いかにも屈託のない、人の好《よ》さそうな笑みを浮かべている。後で叱られないといいのだが。

生贄であるリーディアに、必要以上に関わってはいけないのに。

「あの、わたくし……」

「あ、いや、いいんですいいんです。何かワケありなんでしょう？　さっきも言ったけど、何も聞いたりはしませんよ。余計なことに首を突っ込んだら、ロクなことにはなりませんからね」

リーディアの迷いを察したのか、エドモンドは素早くそう言って手を振った。口が廻《まわ》る分、頭の回転も速いらしい。

「じゃあ、確かに引き渡しましたよ。上から言われたのは、ただ黙って食材を扉の前に置いてこいってことなんで、建物の中には運び込みませんが……大丈夫ですかね？」

リーディアの細腕に目をやって、エドモンドは首を捻《ひね》った。しかしそういう彼も、かなり細身なほうだ。本の中では、料理人というとほとんどが太った男性だったが、こんなところでも現実はやっぱり違う。

「ええ、ここで大丈夫です」

ルイが戻ってきたら、二人で手分けして運び入れようと思って頷《うなず》くと、エドモンドは少し面白そうに「ははあ」とにやりとした。

「なるほど。ここにはお嬢さん以外に、頼りになる誰かがいるんですね。……男？」

唇の片端を上げて訊ねられ、リーディアはぱっと赤くなった。

どうして赤くなったのか、自分でも判らない。魔物とはいえ、ルイが男性だというのは間違いではないのに。

自分と彼とは、被食者と捕食者、ただそれだけの関係のはずなのに。

リーディアの反応に、エドモンドは陽気な声を上げて笑った。

「じゃ、誤解を招かないためにも、ここで料理人見習いとお喋りしたってことは、その人に黙っていたほうがいいなあ。気がついたら扉の前に台車が置かれていて、お嬢さんは俺と会わなかったし、話もしなかった、そういうことにしましょう。……いいですね、俺のことはその人に言っちゃだめですよ」

唇に人差し指を当てて、少し垂れ気味の目を細め、念を押す。

「え……でも」

「世間知らずのお嬢さんには判らないかもしれませんがね、男ってのは、女が自分の知らないところで勝手に他の誰かと親しくなることを嫌がるもんなんです。そんなことを聞かされたら、あっちだって面白くありませんよ。相手と揉《も》めたくなければ、余計なことは言わないのがいちばんだ」

声や口調は変わっていないのに、どこか反論を許さない言い方だった。

世間知らず、と言われれば、リーディアはそのとおりだと認めざるを得ない。自分が普通でない育ち方をしたことも自覚がある。言い切られてしまえば、そういうものなのかと思うしかなかった。

ルイを不快にさせたくはないリーディアが、その言葉に押されるようにして小さく頷くと、エドモンドもまた満足したように大きく頷いた。

「うん、それでいい。俺もお嬢さんと馴《な》れ馴《な》れしく口をきいたと知られれば、クビになっちまうかもしれないですからね、くれぐれも内密に頼みますよ。あ、台車はここにそのまま置いといてくれればいいんで。それじゃあ」

一方的にそれだけ言うと、エドモンドは軽く手を上げ、来た時と同じ道を引き返していった。その後ろ姿も、あっという間に見えなくなる。

彼が現れてから消えるまで、時間にするとほんのわずかな間だった。

「……お城のほうは、いつもこんな風に忙しいものなのかしら」

ぽつんと呟いたら、後ろから「何が忙しいって？」と声をかけられた。

驚いて振り返ると、いつの間にかルイが立っている。魔物だからか、彼はいつも気配というものをあまり感じさせない。

「お戻りだったのですね、ルイさま」

「うん、ついさっき。一人にしてごめん。リーディアが起きるよりも先に戻るつもりだったんだけどね。――で、これは？」

ルイの視線が食材の積まれた台車に向かう。不思議そうな顔をしているところを見るに、エドモンドのことは気づかなかったようだ。

「あ、これはあの、城から運ばれてきたようで」

リーディアの曖昧な説明に、ルイは「そう」と言っただけだった。

エドモンドにはああ言われたものの、今まで一度も嘘《うそ》などついたことがないので、追及されたらどうしようと内心で困っていたのだが、ルイはそれきり特に何も訊ねてこなかった。

「ちょうどいい時に届いたね。残りの食料も少なくなってきたもんな」

拍子抜けするほどあっさりと、そんなことを言う。

リーディアは安心したが、一方で悪いことをしているような気もした。嘘をついたわけではないとはいえ、なんだかとても後ろめたい。「内緒にする」というのが、こんなにも気分のよくないものだとは知らなかった。

「ルイさま、申し訳ありません」

「ん？　何が？」

「いえ……」

口ごもって下を向いたリーディアをルイは黙って見ていたが、少しして、くすっと笑いを漏らした。

そしてどういうわけか、よしよしと頭を撫でられた。

「？」

きょとんとして顔を上げると、ルイの目元が優しく緩んでいる。

「リーディアはいい子だね。……さあ、遅くなったけど朝食にしよう。まずはこれを運ぼうか。手伝ってくれるかい？」

朝食は、届けられた食材を早速使うことにした。

荷物の中にはちゃんと茶葉も入っていたが、ほとんどが肉と野菜で、そしてとにかく量が多かった。

ルイによると、それらはどれも高級品か上質なものばかりなのだそうで、関わりたくはないが粗略にもできない、という複雑な心情が窺《うかが》える。

「まあ、パンはすでに焼いてあるし、肉ももう捌《さば》いてある。後は煮たり焼いたりすればいいだけだから、楽なもんさ。肉も魚も新鮮なうちに食べよう……と言いたいところだけど、えらく大量だな。どう考えても、こんなでかい肉の塊、二人で食べ切れないだろ。腐る前に、どうにか加工するか……？」

一通り検分してから、ルイが眉を寄せてぶつぶつ言った。

生肉は日保《ひも》ちしないので、これまで食卓に出るのは塩漬けにしたものくらいだったのだが、今後しばらくはいろいろな肉料理が食べられるようだ。

「ルイさまは、お肉は焼いたほうがお好みなのでしょうか」

「そうだね、血が滴るようなのよりは、こんがり焼いたほうが好きかな。種類によっては、よく火を通さないと害になるものもあるし」

「まあ……それは知識不足でした。わたくしてっきり、ルイさまは生肉を召し上がるのだとばかり。ではその際には、じっくり熱を入れてからお出しできるよう、考えないといけませんね。一人分丸焼きとなりますと、そこまで大きな石釜があるかどうか……」

「うん、いつものことだけど、話が通じてるようで通じてないね」

お喋りしている間にも、ルイの手はさくさく動いて食材が調理されていく。

白く硬い殻に覆われた卵や、ぶよぶよした赤い塊の肉や、図鑑に載っていたのと同じ形をした魚や、まだ土がついているような色とりどりの野菜が、割られ切られ形を変え味をまとい、まったく別のものに仕上がっていくのを見届けるのは、毎度のごとくリーディアにとって大変な衝撃だ。

世話係がいた時は、テーブルの上に出されるものを、何も考えず口に入れるだけだった。味についても特に感想を抱いたことがない。

リーディアにとって、毎日の食事もまた、単なる生命維持活動の一環でしかなかったからだ。でもそれはきっと、よくないことだったのだろう。調理という労力を誰かが割いている以上、せめてそれに対して何かを思うくらいは、するべきだった。

動物も魚もこうして食材になる前は生きていて、一つの命であったのだから、リーディアはきちんとそれを理解した上で、咀嚼《そしゃく》し飲み込まねばならなかったのだ。

食べるというのは、他者の命を自分の中に取り込むということ。

自分もルイに食べられたら、彼の命を構成する要素の一つになる。よいことだ。それが生贄としての本分だ。リーディア自身、ずっとそれを望み続けてきたのだから。

食べられなければ、自分の生は本当になんの意味もない。

だけど――

食べられてしまったら、その後はリーディアの目でルイの姿を見ることはできなくなる。こうしてお喋りをして、彼の隣に立つことも。

……ぐらぐらと揺れている、この気持ちはなんだろう？

「リーディア、厨房でぼんやりしない。火も使うんだから、危ないよ。そこの塩取って」

「あ、はい！」

ルイに注意されて、はっと我に返った。

いけない、今は料理の途中なのだった。包丁は危なっかしくて持たせられないと言われたリーディアだが、一日に三度ルイにくっついて見学していれば、多少は先回りしてお手伝いできることもある。

「ルイさま、次に使うお鍋をこちらに出しておきますね」

「はい、いい子。リーディアは覚えが早いし勘もいいから、助かるよ」

今度の「いい子」は、先刻のとまったく響きが違った。完全に幼い子どもを褒めるような言い方だ。

確かに今はできないことのほうが多いとはいえ……ちょっぴり、胸がもやっとする。

「……わたくしはもう十七歳なので、『いい子』ではありません」

「だったらリーディアは、どんな誉《ほ》め言葉がいちばん嬉《うれ》しいの？」

「そうですね、『美味《おい》しそう』でしょうか」

「俺の常識じゃ、女の子に向かって『君、美味しそうだね』なんて口説き文句を吐くやつは真正のドクズなんだけどな。……よし、一品終了」

器用なルイは、料理においても大体のことができる。

本人曰《いわ》く「難しい料理は無理」とのことだが、包丁でするすると野菜の皮を剝いたり、卵を割ってほぐしてフライパンでくるっと引っくり返し黄金色のふわふわオムレツを作り上げたり、魚のお腹《なか》を開いて骨を取り除いたりする作業は、どれも目が釘付《くぎづ》けになってしまうくらい見事なものばかりだった。

「俺の一族は『独立独歩』を信条としているからね。仕事ができるようになればもう一人前と見なされて、なんでも自分でしなきゃいけなくなる。働かざる者食うべからず、自分の食《く》い扶持《ぶち》は自分で稼ぐのが基本。他者とは常に対等であれ。誰かから何かを得るなら自分の何かを差し出し、何かを出したからには引き換えに対価を得なければならない。仕事には誇りを持ち、労働に見合った分の報酬は必ず貰《もら》う。たとえ何年経とうとも」

「はい……」

リーディアは神妙に耳を傾け、深く頷いた。

それで五十年前、ルイの祖父は影蜘蛛《かげぐも》を一掃した正当な報酬として、ローザ・ラーザの王女を要求した、ということだ。「城内の影蜘蛛すべて」に対して「一国の王女の肉体」というのが魔物計算での適正価格なのだろう。

だがそれが適《かな》わなかったため、支払いが先へと延ばされた。上位魔物は決して盟約を忘れず、破らない。五十年分の利子をつけないだけ誠実だと言える。

ルイはそれを祖父の代わりに受け取りに来たということか……と考えて、あら？　とリーディアは首を捻った。

今になって、重大なことに気づいた。

「あの、ルイさま」

「ん？」

「五十年前、この国においでになったお祖父《じい》さまは、今もご存命なのでしょうか」

「うん、うちは一族みんなけっこう長生きだからね。七十を越えた今でも元気だよ。さすがに一線は退いたけど」

「でしたらもしかして、わたくしはルイさまではなく、お祖父さまに捧《ささ》げられるということに……」

そうだとしたら、ルイが頑《かたく》なに自分を食べないのも納得できる。

ルイはただ単に、リーディアを受け取るため出向いてきただけで、持ち帰って祖父に渡すのを役目としていたのでは……？

「いやいや、なに言ってんの」

ルイはぎょっとしたように、包丁を持つ手を止めてリーディアのほうを向いた。

「じいさまはもうトシだから、今さら若い女なんて求めてないよ」

なるほど。魔物でも年を取ると歯や顎の力が弱り、若い女性の肉は噛み切れなくなったりするのだろう。

「それに、この国での仕事を終えてから、ちゃんと相手を見つけたからね。言ったろ？　うちの一族は一途《いちず》だって。もう死んじゃったけど、じいさまにとっての嫁はその一人だけだよ」

「そうですか……」

その言葉に、リーディアはほっとした。

本当に心から、よかったと思った。

どうしてだろう。ルイでもその祖父でも、魔物に食べられるという結果は同じはずなのに。いやむしろ、五十年前に契約を交わした魔物当人に捧げられるのなら、そのほうが生贄としてはより正道であるとも言えるのに。

――もう死んじゃったけど、じいさまにとっての嫁はその一人だけだよ。

リーディアはルイの言葉を噛みしめるように心の中で復唱した。胸のところに持っていった手を、拳にしてぐっと握る。

……自分を食べた後、ルイは彼の祖父と同じように思ってくれるだろうか。

人間の捕食対象《よめ》はただ一人。リーディアが死んで彼の血肉となっても、それ以降、他の誰も食べないでいてくれるのだろうか。

リーディアの記憶を、ずっと頭と心に留《とど》めておいてくれるだろうか。

どうしよう。ふわふわどころか、ドキドキしてきた。

「……ん？　リーディア、顔が赤いけどどうかした？　さっきからぼうっとしてるし、最近張り切りすぎて、熱でも出たかな。大丈夫？」

「は……はい、もしかしたら、そうなのかも」

「だったら横になって休んでおいで。手伝いはもういいから」

「はい……」

素直に従って、リーディアはふらふらと厨房を出て、寝室に向かった。

本当に自分はどこか悪いのかもしれない。

だってこんなにも頬が火照《ほて》って、心臓が大暴れして、胸が締めつけられるように痛くて、まともにルイの顔を見ることもできないのだから。

＊＊＊

「なんだと？」

ローザ・ラーザ国王は、その報告を聞いて我が耳を疑った。

「あの魔物は、まだリーディアを喰《く》っておらんだと？」

王の前には、一人の男が跪《ひざまず》いている。

ひょろりと痩せた長身。前髪の間からは、少し垂れ気味な焦げ茶の瞳が覗いている。愛想などカケラもない無表情は、冷淡というよりは不気味なほどだ。どんな場所にも溶け込みそうな目立たない服装が、彼の正体不明さをより強調していた。

間諜《かんちょう》の役目を担うこともあるその男は、気配を殺すのが抜群に上手《うま》く、姿を隠し情報収集をすることに最も長《た》けた人物だった。

そのため、ひそかに離れの様子を偵察してくるよう、数日前から密命を下していたのだ。果たしてあれからどうなっているのかと。

男は「は」と頭を下げ、さらに言葉を続けた。

「魔物と生贄姫はあの建物の中で、普通に生活しているようで」

「ふ、普通に生活？」

「朝起きて夜眠り、食事も日に三度きっちりと、それはもう規則正しい毎日を」

「なんだと？」

「生贄姫は誰の手も借りず一人で着替えをし、入浴し、掃除までしている様子。厨房に立つ際は必

ず二人で、魔物の指図によって生贄姫が不慣れながら野菜を洗ったり、食器の用意をしているようです」

「厨房で料理しておるのか？　魔物が？　普通に、煮たり焼いたりして？」

「はい、ごく普通に。魔物が口にしているのは、今のところ生贄姫とまったく同じもの、つまり我々の通常の食事となんら変わりません。離れに運んだ食材は、なるべく魔物が好みそうな、新鮮で大きな生肉の塊などを選んだのですが、あちらではわざわざそれを小さく切って加熱しているようで」

王は茫然《ぼうぜん》とした。

なんだそれは。耳で聞くだけなら、あの恐ろしい魔物がまるで人間のように思えてくるではないか。

世話役と兵を離れから引き揚げさせてから、十日以上経つ。

暴れるでも、こちらに襲いかかってくるでもなく、不気味な静けさを保っている魔物のことが気になって、おそるおそる偵察に向かわせてみれば、報告されるのは想像の埒外《らちがい》のことばかりだ。

あまりにも何も起こらないから、てっきり生贄を食べて満足し、もう魔物の国に帰ったのではないかと期待したのだが、まさかそんなことになっているとは。しかもどうやら、すっかりこちらに馴染《なじ》んでいる様子だ。

「生贄姫と魔物は、最低でも一日に一度は外に出て、周囲の散策を楽しんでおります。その際は毎回二人でしっかり手を繋《つな》ぎ、身を寄せ合って、会話をしたり笑ったりと、それはもう仲睦《むつ》まじく、まるで恋人同士のようで……」

「は!?」

王は驚愕《きょうがく》して大声を上げた。あまりのことに、玉座からも飛び上がる。

「なんだと!? そ、外に出ているだと!? 生贄姫どころか、あの魔物も!?」

「はい」

「世話係と兵が離れを出る際、間違いなく外から錠をかけたと申していたぞ! 頑丈な閂《かんぬき》もかけて、虫一匹あそこからは出てこられんように!」

「錠も閂も完膚なきまでに壊されておりました」

「壊されていた!? あの魔物の仕業か!」

「他に該当する者がおりません。……ところで、今回、私が食料を運ぶまで、あちらには一度も補充がなかったようなのですが」

「なに!? そんなはずがあるか! 魔物が腹を空《す》かせて凶暴になったら困るから、三日に一度はあの建物の中に放り込んでおけと命じておいたぞ!」

「私もそう伺いました。だとすると、その命令を後から撤回した誰かがいる、ということになりますね」

「……フローラか」

国王はへなへなと再び玉座に沈み込んだ。そんなことをしそうな人物は、あの第三王女しか思いつかない。

なぜそんなことをするのだ。リーディアと違って手元で育てたはずの娘だが、何を考えているのか、王にはさっぱり判らない。

箱の中に閉じ込められ、食料も届けられず、そのまま放置され続けたら、たとえそれが魔物ではなく普通の人間でも怒り出すのでは、と想像もしなかったのか。

「まったく、なんということをしてくれたのだ……！　私の命令を無視したやつも、厳しく処罰してくれる！」

「陛下も特に、それについての報告は求めなかったではないですか。ですから命じられた者も、『撤回になった』と聞いて、これ幸いと役目を放り出したんですよ」

男に突っ込まれて、赤い顔で怒っていた王は二の句が継げない。離れに食い物を運んでおけ、と命じたのは自分だが、確かにそれについての報告は求めなかった。

聞きたくなかったし、知りたくなかったからである。できるだけ、あの魔物のことは考えたくもなかった。魔物を追い出すための有効な対策も解決方法も思いつかない以上、目を閉じ耳を塞いで、忘れたふりをしているしかなかったのだ。

そうでなければ、怖くて怖くて、おちおち寝てもいられない。

なのに、錠はもはや意味をなさず、魔物は好きに外をうろついているという。それでは、いつあの姿が目の前に現れるか判ったものではない、ということではないか。離れの中に押し込めてあるだけでも不安でたまらなかったのに。

もしも何かあれば、兵は王である自分をちゃんと守ってくれるだろうか。魔物に剣や槍《やり》などの攻撃が効かないのは、影蜘蛛の例を見ても明らかだ。だったら、さらに上位の魔物を喚《よ》び出して喰ってもらうか？　いやいや、まさか！

もしも自分まで食べられてしまったら――そう思うとゾッとして、背中が寒くなった。

居ても立ってもいられない気分で、玉座で身を縮めブルブルと震え上がる。

「一体あの魔物は、どういうつもりなのだ……」

国王は頭を抱えた。

こちらは契約通り、ちゃんと生贄を捧げたではないか。

なぜさっさと食べるなり持ち帰るなりしないのだ。どういう理由でこの城の敷地内に留まっているのだ。生贄姫と仲睦まじい？　まさか魔物と人間の娘が情を交わしたとでもいうのだろうか。

まるで恋人同士のようだって？

王はこれまでの所業を思い返して、血の気が引いた。

生まれたばかりの王女を離れに閉じ込め、贄《にえ》として育てさせたのは間違いなく自分たちである。

世話をする者がいなければすぐに死んでしまうくらい、一人では何もできないような状態で、十七年もの間、軟禁し続けた。

実の父親である王でさえ、地下室でのあれが初対面だった。憐憫《れんびん》はあったが、ずいぶん美しい娘に育っていて、これなら魔物も満足するだろうと安心もした。血は繋がっていても、関わりがなければ、それ以上の感慨など抱きようがない。

王にとって、第二王女であるはずのリーディアとは、そういう存在でしかなかったのだ。

しかし、あちらにしてみれば、どうだろう?

地下室に来た時のあの娘の態度に、怯《おび》えは見えなかった。そのように教育させたのだから当然だと思っていたが、実際のところはどうなのか判らない。いや、自分がこれから魔物の餌にされるという時に、真実なんとも思っていないなんてこと、本当にあるのだろうか。

あの娘は心の中では、自分をこんな境遇に追いやった者たちを恨んでいたのかもしれない。

国王である自分に、その他の王族に、このローザ・ラーザ王国に、そして民のすべてに対して、怒りと憎しみを募らせていたのかもしれない。

考えてみれば、当たり前の話だ。死ぬために生まれたなんて事実をあっさり受け入れられたら、そちらのほうがおかしいのだ。人間である以上、思考することを他者が禁じることはできず、感情が湧くことを止《や》めさせることもできない。

もしも、リーディアが長年にわたって溜《た》め込んできたその恨みつらみを、魔物に訴えたらどうなる。

復讐《ふくしゅう》として、王族を皆殺しにし、ローザ・ラーザ王国を滅ぼしてくれと頼んだら。

そして、リーディアと情を交わした魔物が、それを了承したら？

国王は「ひっ……」と小さく悲鳴を上げた。

ものすごくあり得る。いや、自分がその立場だったら、迷うことなくそうする。

人間は皆、自分が可愛《かわい》いものだ。

死にたくないと願うのも、生物としての本能だ。

自分を守るために他の者を攻撃するのも、普通のことだ。

国王にも民や家族を想《おも》う気持ちはあるが、もちろん自分自身のほうが可愛い。

死にたくない。

こんなことなら、いっそリーディアに教育すら施さず、動物のように育てさせればよかったのだろうか。いや、それはそれで、王女を要求した魔物が怒り出した可能性が……いやいやしかし。

「あああああ、どうしたら、どうしたらいいのか……！」

国王は、混乱と動揺と焦慮でガクガクと身体を小刻みに揺らし、髪を掻《か》きむしって呻《うめ》いた。

その姿を呆れたように見ていた偵察役の男がぼそりと呟いた、

「……ていうか、あれ、ほんとに魔物なんですかね……」

という小さな声は、王の耳を完全に素通りしていった。

閑話　エドモンドの観察

男には名前がない。あるいは、たくさん名前がある。

「アロルド」「ジャン」「ピオ」「ブルーノ」……これらはすべて、男が自分の名としてかつて使用したものだ。他にも多くあったが、仕事が終わると同時に忘れてしまった。

今は、「エドモンド」というのが、彼の名前である。

年齢は二十七歳、職業は王城の料理人見習い。お喋《しゃべ》り好きで、軽率で、何事も適当で、あまり頭もよくはない。そういう「設定」だ。

男はこれまでもそうやって、何通りもの役柄を使い分けてきた。その時々によって、性格も話し方も仕草も、癖までも変える。そして相手の懐に潜り込み、情報を得て、場合によっては暗殺もこなす。それが彼の生業《なりわい》であるからだ。

間諜《かんちょう》、密偵、暗殺者――呼び方は様々だが、要するに汚れ仕事全般ということである。国王直属なので、彼の本業を知る者はほとんどいない。

人が隠すものを暴くのが仕事であるから、ローザ・ラーザ王国の最高機密と言われる五十年前の契約のことも、男は以前から把握していた。離れに隔離されて育てられた「生贄姫《いけにえ》」のこともだ。どんな人物か確認するため、建物の外からそっと覗《のぞ》いてみたことも一度ならずある。

同情などとは縁のない性分なので、生贄というものに対して特に思うことはない。率直に言えば、国王の判断は間違ってはいないと考えている。昔の話とはいえ当時の国王が魔物と契約を交わしたならそれは守るべきだし、娘一人の生命と国の命運を秤《はかり》にかければ、どちらが重いのかは明らかだからだ。

……しかし、まったく予想通りに進まなかった「約束の日」以降の対応は、お粗末すぎると思わざるを得ない。

一応国王に「死んでも裏切らない」という誓いを立てた身だが、だからといってそれは「尊敬」とはまた別の話である。冷静に見れば現王は小心すぎて、この人物に玉座は少しばかり荷が重いのではないか、と男は思っていた。

その小心な国王は、魔物が離れの建物に居座ってもなんら行動を起こすことなく、ただ怯《おび》えて時間だけを無駄に浪費している。世話係と警備兵を撤退させて錠をかけ、ようやく安心するという浅慮さだ。

正直、何も考えていないのではないか、とさえ思う。

いや、食料を届けておけと命令しておいて、その後のことを確認すらしなかったところを見るに、たぶん故意に「考えないようにしていた」のだろう。

実際にあの魔物が、国王が考えるような凶暴な生き物であったのなら、もうこの時点で八つ裂きにされていてもおかしくない。「食料が尽きたら生贄姫を食べるだろう」と単純に考えたらしい第三王女ともども、視野が狭くて思考が偏っている。

――だが、王に命じられて偵察に向かった男が目にしたのは、なんとものどかで、平和すぎるくらいの光景だった。

外見が確かに人とは異なる「魔物」は、非常に丁寧に生贄姫を扱っていた。彼女に向ける眼差《まなざ》しは、どう見ても食料に対するものではなく、完全に異性、それも愛《いと》しい女性に向けるそれである。

滅多に感情を動かさない男も、これには少々困惑した。

今までずっと生活の何もかもを他人に面倒みてもらっていた生贄姫は、愚痴も文句も言わず、毎日慣れない労働をしている。魔物はそんな彼女を優しく見守り、時にはさりげなく手を貸してやっている。

魔物は生贄姫をよく眩《まぶ》しそうに眺めていて、口元に浮かぶ笑みはとろけそうに甘く、見ているこちらのほうが恥ずかしくなってくるくらいだった。

数日かけて遠くから様子を窺《うかが》っていたが、二人は初々しい恋人同士そのものだ。

魔物……ねえ。

このあたりから、男は首を傾《かし》げ始めた。

変わった力を持っているのは間違いないのだろう。そうでなければあの頑丈な密閉空間から、あぁも簡単に出られまい。影蜘蛛《かげぐも》をあっさり消してしまったという話も聞いている。そういう意味では普通の人間とは違うのだろう……が。

しかし、国王らが思い描いているような「魔物」とは、印象がかなり異なる。

以前に見た時の生贄姫は、いつも変わらない微笑を浮かべた、人形のように大人しく従順な娘であったが、今は別人のように明るい顔をするようになった。

いくらそのように育てられたといっても、自分を食べようとする存在と常に一緒にいて、あんな表情ができるものだろうか。

もしかして何か特殊な術でもかけられているのではないかと疑い、「エドモンド」と偽って彼女と接触したのは、それを確認するためだった。

術だろうが薬だろうが、もしも自分の意思とは違う言動をさせられているのなら、どこかに異変が生じるはず。口をぺらぺらと動かしながら男はじっと観察したが、彼女の目にも表情にも、おかしなところは見当たらなかった。

男と同じように無感情だった瞳は、隠しきれない輝きを放ち始めている。

生贄姫はあくまで自発的に考え、動き、外に出られても逃げるわけでもなく、魔物とともにあることを選んでいる、ということだ。

「そういえば、あの件は報告していないんだが……まあいいか」

と、男は呟《つぶや》いた。

魔物が、たまに離れから姿を消すことについてである。

ふいっといなくなったと思うと、短時間で戻ってくる。どこに行っているのかと何度かこっそり探ったが、見事にすべて惨敗だった。尾行にかけては熟練の技を持つ男でさえ、魔物の行動を追うことはできなかったのだ。

だから今回は、逆手を取ってその不在時を狙い、行動を起こした。

しかしそれを口にすれば、あの小心な国王は、さらに恐怖で使い物にならなくなるだろう。錠が壊れていたというだけであの有様だ、ひょっとしたら城の中に入り込んでいるかもなどと言えば、精神が崩壊しかねない。主をなくして職を失うのは、男の本意ではなかった。

とりあえず黙っているか、と男は考えた。魔物のほうでも何かしらの目的と理由があって離れを不在にしているようだし、それを摑《つか》んでからでも遅くはない。

魔物といっても煙のように消え失《う》せるわけではないのだから、後を追うのは不可能ではないはず。

その点、闇に同化して出現が予測できない影蜘蛛とは違う。

そう――違うのだ、影蜘蛛とは何もかもが。

「もしもあの魔物が、影蜘蛛とはまったく別の生き物だとしたら……」

男は顎に手を当てて、考えるように呟いた。

第四章　五十年前の真実

ルイが召喚陣から現れて、半月が経《た》った。

彼は一向にリーディアを食べようとしない。

寝室は別だが、朝から晩までほぼ一日中この小さな建物の中で一緒にいるというのに、ちっともそういう素振りを見せない。「つまみ食いはしない」と宣言していたから、熟成させて頭から足までしっかり味わうつもりなのかと思っていたが、いくらなんでも時間をかけすぎではないだろうか。

時間が経つにつれ、リーディアの不安と心配は徐々に膨れ上がってきた。

やっぱり食べるところが少ないのが気に入らないのでは？

確かに、ルイと一緒に食事をとるようになってから、リーディアの食物摂取量はかなり増えた。

しかしその分動くようになったので、実のところさほど肉付きはよくなっていない。それにそういう理由なら、リーディアを一室に閉じ込めて、どんどん食べものを口の中に突っ込んでいけばいいだけの話だ。

……判《わか》らない。

ルイはなぜ、リーディアを食べることなく、この離れに留《とど》まっているのだろう。

彼は、自分に何も求めない。

太れとも、痩せろとも、こちらの好みに合わせろとも、どこかを変えろとも。

何が不足しているのか、どういうところが不満なのか、言ってくれれば必ずそのようにするからとリーディアが訴えても、ルイは笑うばかりで、ちっとも取り合ってくれなかった。

「言ったろ？　君は今の君のままでいい」

「でも、わたくしに足りないところがあるから、ルイさまは食指を動かされないのでしょう？」

「食指……いや、それはまあ、ちょっと我慢してるところはあるけど、そんなにがっつくつもりはないし」

「では、『いつか』は食べていただけるということですか？　どういう状態になれば、ルイさまはご満足されるのでしょう。教えていただけたら、早くそうなるよう努力いたしますから」

「んー……そうだなあ。あのね、俺はね、どうしてもリーディアに言ってほしい言葉、っていうのがあるんだよ」

「言葉？」

リーディアは戸惑った。

今まで、どうすれば自分をルイ好みの食材にできるのかということばかり考えていたリーディアにとって、それは思ってもいない要望だった。

挨拶と口上は、地下室で対面した時に述べたはず。あれ以外にも、何か口にすべき言葉があったということだろうか。食べてもらうために必要なキーワードとか、呪言のようなものとか？　そんなもの、一度も習わなかった。

「では、それを教えてくださいまし」

「ダメ。それはリーディアが自分自身で考えて、自分の気持ちのまま正直に出さなきゃ意味がないから」

すげなく言われて、さらに混乱する。

だってリーディアは本当に、何が正解なのか判らないのだ。時が満ちれば、何か不思議な力が作用して、生贄《いけにえ》である自分の口から勝手に出てくるということなのだろうか。ルイはそれを待っていると？　その時っていつ？

リーディアが相当困った顔をしていたらしく、ルイは小さく噴き出した。

「大丈夫。たぶん、そう遠いことじゃないと思うよ。リーディアの頭は理解することを拒んでも、『ここ』はちゃんと判っているはずだから」

そう言って彼が指差したのは、リーディアの左胸のあたりだった。

そこにはどくどくと脈打つ心臓がある。いつか来るその時には、心臓が勝手に飛び出してくる、ということなのだろうか。

「そうだ」

口を噤《つぐ》んでしまったリーディアを余所《よそ》に、ルイは明るい声を上げた。

「あのさリーディア、今日は少し、いつもと違うことをしてみない？」

「違うこと……ですか？」

リーディアにとっては、毎日が「違うこと」の連続なので、ルイがどんなことを指してそう言っているのか、皆目見当がつかない。

「どんなことでしょう」

「いいからいいから、俺に任せて。さあ行こう」

ルイは上機嫌でリーディアの手を取った。


外に出て、いつものように建物の周りをぐるりと歩くのかと思ったら、ルイはリーディアの手を引いて、どんどん違う方向に向かっていった。

「ル、ルイさま？」

うろたえながら声をかけても、ルイの足は止まらない。彼が歩いていくのは城とは逆のほうだった。

「この離れはね、城の敷地のかなり端にあるんだよ」

そう言われても、リーディアは「そうなのですか」と返すしかない。城の敷地内にどんな建物があって、どのように配置されているのか、そもそも全体がどれくらいの広さなのかも、リーディアは知らないからだ。

「主要な建築物は、すべて城の近くにある。そこから距離を置いて建てられたこの離れは四方を木に囲まれているから、大半の人はここにこんな建物があるってことも知らないだろうね。こっちの方角にまっすぐ進むと城壁に突き当たり、あっちの方角に進むと使用人たちの住む区画がある」

指で示しながら、淀《よど》みなく説明してくれる。彼はいつの間にか、王城敷地内について大体のことを把握しているようだった。

「ひょっとして、たまにルイさまがいなくなるのは、それを調べていらしたからなのですか?」

「うん、そう。城の中も大体構造が判った」

すんなり認められて、かえって当惑する。なぜそんなことをしているのだろう。

ちらっと振り返り、ルイは少し笑った。

「俺は俺で、確認しておかなきゃならないことがあってさ。それについては、また今度話すよ」

「はい」

ルイがそう言う以上、必ずいつかは教えてくれるということだ。リーディアが素直に頷《うなず》くと、彼は少しくすぐったそうな顔をした。

「……時々思うんだけど、リーディアは俺のこと、信用しすぎじゃない? ま、そもそも疑うってことを知らないんだろうけど」

「だってわたくしはルイさまの」

「あ、うん、判った判った。そうやって俺の忍耐力を試すのやめて」

ルイは急いでリーディアの言葉を止めて、また前方に顔を戻し、歩く速度を少しだけ上げた。

もしかして不愉快にさせてしまっただろうかと心配になったが、彼の尻尾はぶんぶんと左右に元気よく揺れている。

そして、後ろから見える尖《とが》った耳の先が、ほんのり赤い。

握られた手にぎゅっと力がこもって、その強さと温《ぬく》もりに、どうしてだかリーディアの頬も赤みを帯びた。


「ここだよ」

木々の間を抜け、さびれた小道を通り、茂みを掻《か》き分けて、さらにしばらく進んでから、ルイはようやく足を止めた。

「まあ……」

リーディアは口に手を当てて驚いた。

一気に視界の開けたそこには、小さな池があり、そのほとりに大理石でできた東屋《あずまや》が建っている。

地面には可愛《かわい》い花が絨毯《じゅうたん》のように一面に広がって、風に吹かれ、ゆらゆらと揺れていた。

「ルイさま、ここは?」

「うーん、たぶんだけど、位置的に考えて、高貴な人たちの密会場所として造られたものなんじゃないかな。ここなら人の目はないし、誰かが来ても息を潜めていれば気づかれないだろうからね」

言われてみれば、東屋を取り囲むようにして、ひょろりと細く高い木が数本植えられている。それらの木は無数の細長い枝が下に向かって垂れていて、まるでカーテンのようにその先を覆い隠していた。

確かにあれなら、東屋の中に誰かがいても外からは見えない。

密会……密《ひそ》かに会って何をするのかとリーディアは思ったが、偉い人たちにはいろいろあるのだろう、と曖昧に納得することにした。世間知らずの自分には、考えても判らないことが多すぎるのだ。

「今は使われていないようだけどね」

ルイに促されて東屋に入ってみて、なるほどと頷いた。

十二本の円柱で円形の屋根を支えている東屋は、風雨にさらされたままの状態で、下には枯葉が積もっている。美しい造りの建物であるだけに、手入れもされないまま長い間ひっそりとここで誰かが来るのを待ち続けていたのかと思うと、ひどく寂しげに見えた。

しかし、どこか神秘的な感じもする。

「池には魚がいるよ。見てみる？」

「まあ、魚？　生きているのを見るのははじめてです」

「残念ながら、ここのは食べられないけど」

「食べられる魚と食べられない魚がいるのですか」

池の水面には大きな平たい葉が何枚も広がって浮いており、その上で薄《うっす》らと色づいた花が分厚い花弁を開いている。

葉の間から覗《のぞ》き込んでじっと目を凝らしたら、一瞬、身をくねらせて素早く横切る魚影が見えた。

「あ、いました！　ルイさま、魚がいました！　見えまして？　魚とは、あんなにも速く泳ぐものなのですね」

つい興奮して声を上げたリーディアに、ルイが「だろ？」とにこにこ笑う。彼も魚が見られて嬉《うれ》しいのかと思ったら、その目は池の中ではなく、リーディアのほうに向けられていた。

しばらくの間、リーディアは魚探しに夢中になった。

上から降り注ぐ陽射《ひざ》しが水面に反射して、なかなか見つけられない。きらきら輝く光の中を、するっと戯れるように泳いでいく魚は、リーディアをからかって遊んでいるようでもあり、とても気持ちがよさそうだった。

まるで、生きていることの喜びを、全身で表現しているかのようだ。

残念ながら食べられない、とルイは言ったが、では食べられる魚は幸せで、食べられない魚は不幸なのだろうか。いや、そんなことはないはずだ。だってここにいる魚たちは、皆こんなにも生き生きと楽しげに泳いでいる。

リーディアは無意識に自分の胸に手をやった。

そこは規則的に動いて、ちゃんと生命活動をしていることを伝えてきている。

「約束の日」の前まで、リーディアは何度もそのことを確かめたものだ。何も変わらない一日の連続、感情も表情も動かすことのない毎日に、本当に自分が生きているのか不安になって。

……心臓が動いていることと、「生きる」ということ。

その二つは、同じようで違うのだろうか。

「リーディア、そろそろこっちにおいで。そんなに身を乗り出していると、池に落ちちまう」

ルイの声で意識を引き戻し、リーディアは上体を起こした。気がつけば、ずいぶんと水面に向かって屈《かが》み込んでいたようだ。

振り返ると、ルイが花の絨毯の上に座って、こっちこっちと手招きしている。

「そのまま水の中に吸い込まれていきそうで、心配したよ」

彼のもとに寄っていくと、苦笑された。

「申し訳ありません。眺めていたら、自分もこんな風に泳げるのではないかという気になりまして」

「リーディアに魚になられたら俺が困る」

「牛か豚になるほうが、ルイさまのお好みでしょうか」

「やめて想像させないで。俺の好みは今のリーディアのままだよ」

「だったら、早く――」

わたくしを食べてください、といつものように言いかけて、口が止まった。

この間まですらすると出てきた言葉が、なぜかすぐ手前でつっかえて動かない。急に喉が塞がったようになって、リーディアは困惑した。

どうして？

そんなリーディアを見つめていたルイが、ふっと笑みを浮かべた。

「さあリーディア、ここに座って」

彼がぽんぽんと手で叩《たた》いたのは自分のすぐ隣の、地面の上だった。そういう場所に腰を下ろすのははじめてで、リーディアはおそるおそる膝を曲げた。

地面に触れたところから、じんわりと熱が伝わってくる。暖炉や竈《かまど》の炎よりもずっと優しく、照りつける太陽よりも穏やかな温かさだ。椅子とも床ともベッドともまったく違う感触に、不思議な気分になった。

……どうしてこんなにも、気持ちがいいと思うのだろう。

「はい、どうぞ」

ルイがそう言って、ふわりと頭に被《かぶ》せてくれたのは、花で作られた冠だった。

「まあ……これ、ルイさまが？」

「うん。ああ、やっぱりリーディアによく似合う。この場所を見つけた時にさ、まず最初に思ったのが、花の中にいるリーディアを見たいな、ってことだったんだよね。要は俺の自己満足なんだ。

付き合ってくれて、ありがとう」

「そんな……」

ルイは本当に満足そうに笑っている。

リーディアはもう一度、自分の胸に手を当てた。なんだろう、病気ではないはずなのに。

……妙に、痛い。

「わたくし、誰かに何かを頂くのははじめてです」

「そうか、最初のプレゼントだったら、もっといいものを贈ればよかったかな」

「いえ……いいえ」

リーディアは首を横に振った。頭から花冠を外し、崩さないようにそっと両手で包んで抱きしめる。

自然と、口元が綻んだ。

「これがいいです。ありがとうございます。……本当に、嬉しいです」

可愛い花で作られた、色とりどりの冠。

リーディアのために、リーディアだけのために、ルイが選んで、ルイが作ってくれた、この世でたった一つのものだから、他のどんなものよりも綺麗《きれい》で尊い。

ルイは目を柔らかく細めた。

「最近のリーディアは、いろんな表情をするようになったね」

「……そう、でしょうか」

「うん。身体《からだ》を動かして、たくさんのことを見て知って覚えて驚いて――そして、そんな風に笑うようにもなった」

そんな風に？

リーディアは思わず、掌《てのひら》で顔をぺたぺたと触った。

自分は今、どんな顔をしてる？

「もともとリーディアの内側には、溢《あふ》れるほどの感情があったんだよ。存在しなかったわけじゃなく、君の身体のずっと下のほうに押し込められていただけなんだ。それが最近になって、次々と表に出てくるようになった。リーディアはそのことに戸惑っているようだけど……」

それでいいんだよ、とルイは静かに続けた。

「この花だって、最初からこの形だったわけじゃない。最初は黒くて小さな種だった。太陽の光と水を浴び、土の中から栄養をもらって、芽を出し、茎を伸ばし、葉を広げ、こうして綺麗に花開いた。リーディアも一緒だよ。今まで何も与えられなかったから発芽しなかっただけで、光と水と栄養をもらえばきちんと育つ。いや、もう育ち始めてる」

硬かった種が、ようやく芽吹いた。

今は少しずつ茎を伸ばし、葉を広げている途中。

「――だから後は、花を咲かせるだけさ」

そう言って優しく微笑《ほほえ》むルイの顔を見て、リーディアの心臓が跳ねた。

でもやっぱり、痛い。

ふわふわして、ドキドキして——同時に、どこか奥深いところからじわりと忍び寄る暗い何かに気づいて、身を竦《すく》ませる。

嬉しいのに、怖い。

この矛盾はどこから出てくるのだろう。

気持ちがあちこち不安定に揺れ動く。胸がざわめく。ルイに笑顔を向けられるたび、頭のどこかが激しく警鐘を鳴らしているような気がする。

よく晴れた青い空に、黒い雲がどんどん広がっていくような。

こんな気持ち、ずっと気づかないままでいたかったのに。

＊＊＊

その夜のことだ。

窓の外がすっかり闇に覆われ、建物の中も蠟燭《ろうそく》の明かりだけが周りをぽうっと照らしている中、ゆらゆらと揺れる影にまぎれてざわりと蠢《うごめ》く「脚」があるのを、リーディアは見つけた。

「影蜘蛛《かげぐも》……」

この離れにはあまり姿を見せなかった影蜘蛛が、食堂内の暗がりに潜んでいる。

ルイは外に薪を取りにいって、ここにいるのはリーディアだけだ。天井の隅に張りつくようにしてもぞもぞと動く影を、心許《こころもと》なく見上げた。

影蜘蛛を怖いと思ったことはない。しかしそれは、今までこの小さな魔物が、決してリーディアの近くには寄りつかなかったから、という理由もある。どういうわけか、影蜘蛛が近づいていくのは世話係と兵ばかりで、リーディアのほうは見向きもしないどころか、あちらから遠ざかっていくことすらあった。

だが今日の影蜘蛛は、じわじわとリーディアとの距離を縮めてきていた。

巣にかかった獲物に近づく本物の蜘蛛のごとく、こちらの様子を窺《うかが》っているようだ。黒い影の脚が少しずつ、リーディアのほうへと伸びてくる。

これに触れたら生気を吸われる。リーディアは後ずさりしたが、影蜘蛛はささっと素早い動きで天井から床の暗闇へと移動し、さらに接近してきた。

数本の細い影がざわざわと伸びたり曲がったりしながら交差して、まるで脚をすり合わせる蜘蛛が舌なめずりをしているようにも見える。

「――大丈夫」

不意に背後から小さな声が耳元で聞こえて、ビクッと身じろぎした。

いつの間にか戻ってきていたルイが、リーディアのすぐ真後ろに立っている。息遣いが感じられるくらいの至近距離だ。

ルイは影蜘蛛にじっと視線を据えたまま、薄く笑っていた。

その顔からは、普段の親しみやすさがすっかり拭い取られ、国王に対峙《たいじ》した時のような、何者をも恐れぬ堂々とした覇気と不遜さが乗っている。

「リーディアに引き寄せられてきたな。いい傾向だ。……そろそろ頃合いかな」

舌で唇を湿らし、小さく呟《つぶや》く。

「リーディア、そこで腰を落としてくれるかい？」

「腰を……？　は、はい」

影蜘蛛の前に両膝をつく形になるが、ルイがそう言うからにはきちんと理由があるのだろう。

リーディアは指示に従って両膝を床につき、その場に跪《ひざまず》くような恰好《かっこう》をした。

「よし、いいぞリーディア。こういう時、闇雲に騒いだり逃げたりして心に隙を作るのが最もよくないからね」

そう言いながら、ルイもまた後ろで片膝をついた。背後から左手でリーディアを支えるように抱きかかえ、人差し指と中指を立てた右手を前方へと突き出す。

その指先を影蜘蛛に向けて、

「縛」

と短く唱えた。

今にもリーディアに触れようと蠢いていた影の脚が、すぐ目の前でぴたりと動きを止める。

「こいつの上に手をかざしてごらん」

「え……手を？」

「今なら動きを封じてあるから、コレは何もできない。触らないように注意して、気持ちを落ち着けて、耳をよく澄ますんだ」

「耳を澄ます……」

「俺がいるから、怖がらなくていい。集中して、コレの声を聞いてみて。リーディアならできるよ」

「……声？」

影蜘蛛が声を発するのだろうかと首を傾《かし》げたが、リーディアは言われたとおり両手を出し、床の影の上にかざしてみた。

すぐ後ろにルイの温もりを感じるから、怖いとはまったく思わなかった。

目を閉じてゆっくり息を吐き出し、気持ちを落ち着ける。真っ暗になった視界で、聞こえてくるかもしれない影蜘蛛の声に耳をそばだてた。

最初は判らなかった。それくらいその声は、小さくてかすかなものだった。吹く風にまぎれてザザと鳴る葉擦れの音に似ている。

それでも一心に耳を傾けていたら、それらが徐々に、意味のある言葉として聞こえてくるようになった。直接耳に聞こえるというよりは、頭の中に響いてくるような感じだ。

どこか遠くでヒソヒソと話す人の声のよう――にしては、それは低くて、重くて、ひどくこもっていて、そして、ずいぶんと苦しげなものだった。

はっきり聞こえるのは、「どうして」という言葉。

これが影蜘蛛の声だとしたら、彼の中にあるのは疑問、疑問、疑問、それだけだ。

どうして、こんなことに。

どうして、こんな姿で。

どうして、こんな浅ましいモノになって、自分は。

伝わってくるのは、一から十まで負の感情ばかりだった。いや……感情の残滓《ざんし》、成れの果て、とでもいったほうが正しいか。理屈もなく、意思のまとまりもない、苦悶《くもん》と苦痛と悲しみの、成れの果て。

呻《うめ》くように、唸《うな》るように、慟哭《どうこく》するように。

嫌だ、辛《つら》い、苦しい、悲しい、どうしてどうしてどうして――

「！」

リーディアは弾《はじ》かれたように自分の手を引っ込めた。

顔から血の気が引き、指がぶるぶると震えている。

強張《こわば》った顔つきでルイのほうを振り向けば、彼は眉を下げた申し訳なさそうな表情になり、「ごめんね」と微笑んだ。

「だけど、リーディアには、そろそろ本当のことを知ってもらわないといけないから」

「ほ……本当のこと？」

すっかり冷たくなってしまったリーディアの手を、自分の左手で包むようにして握り、ルイは影蜘蛛に視線を向けた。

「――迷い彷徨《さまよ》える魂よ、在るのはもはやこの地にあらず。道を示す、天へと還《かえ》れ」

ルイがそう言って突きつけていた指を素早く動かすと、影蜘蛛の身がふわりと浮き上がった。

そのまま上に持ち上げられるようにして宙を舞い、少しずつその黒い姿が薄くなって、さらさらと端から消えていく。地下室での光景と同じだ。

しかしリーディアには、消えゆく影蜘蛛が、どこかほっとしているようにも見えた。

あの声を聞いてしまったからだろうか。

あるいは、影蜘蛛は好きでこの地にいるわけではなく、むしろあの姿でいるのが彼らにとっても不本意なことなのだと、理解できたからだろうか。

そうだ――リーディアはこの時、はっきりと判った。

影蜘蛛は、人を苦しめることを喜びとする「魔物」などではない。

「あれは死んだ人の魂。命を失い、肉体が滅びてもなお残る恨み憎しみ苦しみの念が、消えることなくこの世にへばりつき、行き場所を見失って彷徨う『死霊』だ。――影蜘蛛はね、もとはこの世界で生きていた人たちだったんだよ」

ルイが淡々とした口調でそう言った。


そもそもこの王城のある場所というのが、霊的な意味で何もかもいけなかったらしい。

「地形も方角も城の造りも周囲の環境も、ほとんどすべてが見事に悪いほうに向いている。むしろわざとこんなところに建てたのかと不思議に思うくらい、条件のことごとくが最悪なものばかりなんだ」

ルイの話によると、稀《まれ》にそういう、「悪いものを引きつけてしまう場所」というものがあるのだという。そういうところは自然と陰の気が溜《た》まるため、陽の気や明るい光を厭《いと》うものが集まりやすい。

ローザ・ラーザ王国は、よりにもよってそういうものを一気に引き寄せてしまう吹き溜《だ》まりのような地に、王城を築いてしまったのだ。

「死霊ってのは大体の場合、そう害のあるもんじゃない。ただ、ここまで悪い条件ばかりが重なると、力を増したり、生きている人間に影響を及ぼすようになる。あんな風に蜘蛛のような形になって目に見えるなんてのは、よっぽどだよ。あそこまで育ってしまった死霊は、人の暗い心に付け込みがちだ。不安や疲労の積み重なったやつに取り憑《つ》いて気力を失《な》くさせたり、逆に心の中の不満をさらに膨らませて凶暴にさせたりする。ここの人たちは何もかも影蜘蛛のせいだと言うけど、それらはそもそも、憑かれた人間の中にあったものなんだ」

決して魔物に操られているわけではないのだと、ルイは説明した。

「数百年前、俺の先祖が、たまたまこの地に立ち寄ってさ」

「あまりにも酷《ひど》い場所なんで、当時の国王に教えてやったんだって。城を捨てるか移すかしないと、いずれ大変なことになるぞ、って」

「……ご先祖さまが？」

とはいえ、そんなことを言われたところで、国王は素直に城を立ち退くことなど選べなかった。

なにしろ王城はその時、ようやく完成したばかりだったのだ。築城には数年という年月と、莫大《ばくだい》な人手も費用も注ぎ込んでいる。これをなかったことにはできない。

そこでルイの先祖はしょうがなく、死霊をなるべく弾くための方策を助言してやった。決まった位置に壁を作り、地形を変えさせ、堀を埋める。それだけでも、完全ではないが多少は効果があると教えると、すでに様々な不調や怪異に悩んでいた王も、喜んでその案を受け入れた。

そしてルイの先祖は、もしも今後、こちらの人々の手に負えぬような事態になった時にはこれで助けを呼べと、奇妙な図形が描かれた本を王に手渡した。

——この方法で呼び出せば、求めに応じて我が一族の誰かがやって来よう。死霊祓《ばら》いは我々の専門だ。ただその場合は、仕事に見合った報酬を貰《もら》うので、それを忘れるな。

「それが古文書となって、この城に残っていたということですか？」

「そのようだね。どうやら年月とともに歪《いびつ》な伝わり方をしたようだけど」

「それでは、五十年前、影蜘蛛が急に数を増やしたというのは……」

「その当時、ローザ・ラーザ王国は隣国と戦争をしていたんだってさ。理不尽な死を迎えた人の数が多ければ、当然彷徨える魂も多くなる。なのにどういう理由があったか知らないけど、この城の人たちは、ご先祖さまがわざわざ作らせた障壁を壊してしまったらしいんだな」

その時にはもはや城内には、そこに壁が存在する意味も事情も、知る人は一人もいなくなっていた。すべてにおいて戦いに勝つことが優先される状況で、なぜこんな邪魔な場所にと考えた誰かがいたのかもしれないし、戦時の混乱もあったのかもしれない。とにかく、死霊を防ぐための壁は呆《あっ》気《け》なく壊されてしまった。

それで行き場を見失い迷っていた死霊が、一気にこの地に押し寄せたのだ。

結果として影蜘蛛が大量に増え、困ってしまった当時の王は、「もしもの時のために」と城の奥深くに保管されていた古文書を引っ張り出した。

「そうして呼ばれて、ここに来たのが俺のじいさま。じいさまは依頼に応じて、壊れた壁を補修し、城内の死霊をすべて祓った。それが俺たち祓い屋一族の仕事だからね」

「祓い……屋？」

リーディアはぽかんとして目を大きく見開いた。

ルイはそれを一瞥《いちべつ》してから、話を続けた。

「俺の一族は滅多に女が生まれず、伴侶とすべき相手が常に不足している。それで余所から妻を娶《めと》らなきゃいけない。異界を渡り歩く俺たちは、あちこちの世界の別の種族から嫁を貰い受けるから、生まれる子どもの姿も様々なものになる。だけど別に構わないんだ。祓い屋としての血と能力を受け継ぎ、一族を存続していくのが、なにより重要なことだから」

血と能力を受け継ぎ、一族を存続。

……伴侶？

「で、では、五十年前、ルイさまのお祖父《じい》さまは……」

リーディアの口から出る声はわずかに震えている。聞いてはだめ、ともう一人の自分が、心の片隅で強く制止していた。

聞きたくない、知りたくないの。

今までどおり、何も考えず、無知なまま、生贄としての自分でいたいのに。

しかしルイはリーディアがそうすることを許してはくれなかった。握る手に力を込め、顔を覗き込み、逃がすまいと正面から目を合わせてくる。強い視線は、まるでこちらを射貫《いぬ》くようだった。

「仕事を請け負い、それをやり遂げたじいさまは、報酬として、自分の妻となる女性が欲しい、とはっきり告げた。報酬は依頼主の財産から支払われることとされている。この場合の依頼主はローザ・ラーザ国王だから、その娘と婚姻を結べないかと持ち掛けた。王女かどうかなんて関係ない。

だけどその時、彼女はもうすでに他の人間の妻だったから、じいさまは自分の伴侶として求めるのを諦めたんだよ」

ルイの祖父は、ならば他のものを、と言おうとした。だが、彼の異形の姿にすっかり怯《おび》えた国王は、これは魔物だ、断れば何をされるか判らないと思い込んだ。

娘以外でと頼むことなど、頭を掠《かす》りもしない。真っ青になって、自分の娘は無理だから、いずれ生まれるであろうその娘、それが駄目ならさらにその娘でと懇願した。

その申し出に、ルイの祖父はしばし迷った。まだ生まれてもいない子か孫の伴侶のことを、自分の一存で決めてしまってもいいものだろうか、と。

しかし一族の嫁探しは、これまでもすでにさんざん苦労していることである。下の代もなかなか相手が見つからないだろうことは、今の時点で簡単に予想できた。ならば今のうちに決めておくのも、悪くないのではないか。

そして結局、彼はその話を了承し、では五十年後に——ということで、交渉がまとまった。

「生贄なんて、誰も望んでいない。じいさまはただ、婚約の取り決めをしたに過ぎなかったんだ」

ルイがまっすぐこちらを見据えて、きっぱりと言う。

リーディアの震えは全身に廻《まわ》った。

「影蜘蛛が魔物ではないように、俺の一族も魔物なんかじゃない。君を食べものとして見たことは一度もないし、これからもない。俺は本当に、君を自分の妻として貰い受けるため、ここに来たんだよ」

「だめ……！」

気づいたら、悲鳴のような声で遮っていた。

動揺と混乱で、顔から血の気が抜ける。下の床が、泥地に変わっていくような感じがした。沈む、沈む、もう立ち上がれない。

そんなことを理解してしまったら。

咄嗟《とっさ》に逃げようとしたリーディアの両手を、ルイが強い力で摑《つか》んで引き寄せる。

「リーディア、聞いて」

「だめ、だめです。ルイさまは、わたくしを食べてくださらないと」

「俺は人を食べない。ずっとそう言っていたよね。リーディアだって、そろそろ自分の強引すぎる解釈に破綻が生じ始めていることには、気づいていただろう？　最初のうちはともかく、君は途中から、ちゃんと判っていたはずなんだ」

「いいえ、わたくしは何も判りません。判っておりません。そんなことをおっしゃっても困ります」

「ごめんね。でもリーディアにいなくなられたら、俺も困るんだ」

「だって、ルイさまに食べてもらうために、わたくしはここにいるのですもの」

「だったらそれ以外に、君がここにいる理由と目的を見つければいい」

「無理です」

「無理じゃないよ、もちろん。この半月、自分がしてきたこと、見てきたものを思い出して。リーディアも、本当は判ってるんだろ？　会った時からおかしなことばかり言っていたけど、君の瞳にはちゃんと理性の光が灯《とも》ってた。無理やり自分の目を背けるのは、もうやめてもいい頃だ」

「だっ……だって……」

最近ようやく健康的になってきた頬を再び白くして、幼子のように何度も首を横に振る。

息を吸い込んだら、ひゅっという音がした。その音が、リーディアが今まで築き上げてきた頑丈な壁に穴を開ける契機にもなった。

一旦開いてしまえば、決壊までは一直線だ。もう止められない。

「──だって、わたくしは、死ぬためにここにいるのに！」

迸《ほとばし》るように、喉から悲痛な叫びが飛び出した。

それと同時に、リーディアの瞳から、ぽとりと大粒の涙がこぼれ落ちる。

「それ以外のことを、誰も、何も、わたくしに求めなかったではありませんか……！」

生まれた時からずっと、リーディアに求められてきたのは、死ぬことだけだった。

「約束の日」を迎え、生贄として自分を捧《ささ》げること。それだけを考えて、いやそれ以外を考えることは許されていなかった。

たった一人この離れの中に閉じ込められ、外に出ることもできず、何かをなすこともさせてもらえずに。

そんな生に一体なんの意味があろうか。

リーディアはいつからか、自分の死だけを待ち望むようになった。

かといって、自ら生命を絶つのは、生贄として育てられた自分自身のすべてを否定することになる。

だから、「食べられる」という目的に縋《すが》りつき、固執した。

早く自分を死なせてほしい、この意味のない生から解放してほしいという本音に、精一杯蓋をして。

ルイが現れた時に歓喜が湧いたのは、その望みがやっと叶《かな》えられると思ったからだ。

——ああ、これで、ようやく死ねると。

それなのに。

「リーディアはもう自由だ。これからいくらでも、外の世界に出ていける。生贄としてではなく、ただのリーディアとして生きればいい」

自由?

自由ってなんだ。リーディアは知らない。どうすればいいのかも判らない。誰もそんなもの、リーディアには一度として見せてくれなかったし、与えてもくれなかった。

リーディアはこの世界にぽつんと一人っきりで、その上にたった一本垂らされた糸が「喰《く》われることが幸せ」というものだったから、それを摑んで離さずにいただけだ。だってそれさえ離してしまったら、後はもう下へと落ちていくしかない。

リーディアには、他に何もなかったから。

愛も幸福も知らない。本と小さな離れの中のことしか知らない。

家族もなく、姓もなく、家もない。情をかけても、かけられてもいけない。誰とも関わってはいけない。自分のよすがとするものが、何一つ存在しない。

生贄として生を繋《つな》ぐこと。「約束の日」まで生きること。ただそれのみがリーディアにとっての存在意義だ。だから望むのはその日を迎えることだけだった。

自分が死ぬこと、それだけだったのだ。

今になってそれ以外の選択肢を示されても、リーディアは受け入れることができない。

今さら、生贄としての自分を否定されたら、どうすればいいか判らない。

「——こ、怖い……怖いんです」

下を向いてぽとぽとと涙を落としながら、小さく声を絞り出す。

「何が？　外に出ることが？　自由になることが？」

ルイに問われて、首を横に振った。

「……希望を、持つことが」

何かを期待することが。外の世界をもっと知りたいと思うようになることが。死ななくてもいいのかもしれないと考えることが。生に未練を持つことが。

ほんのわずかでも希望を持って、それが打ち砕かれてしまうことを考えるのが、なによりも怖かった。

誰からも愛されず、誰かを愛することも叶わない。でもリーディアはやっぱり人間だった。何も感じない人形になることはできなかった。外から聞こえてくる楽しげな声を耳にして、何も思わずにいることなんて、どうやっても無理だった。

木々の向こう側にあるはずの、自分とはかけ離れた世界に住む人たちに与えられた「幸福」を、想像せずにいられなかった。

泣き、笑い、互いの名前を呼ぶというのは、一体何を自分にもたらしてくれるのだろうと。

でも、ルイがやって来て、それがどういうものか判ってきて、かえって不安になった。

新しく得た温もりと、自分の中に目覚めたはじめての感情に、胸が痛くなった。

ルイがいつも口にする「これから」「今度」「次」という言葉で、おずおずと未来に目を向けようとしては、すぐに目を瞑《つぶ》り、耳を塞いだ。

……だって、もしもこれが失くなったら、どうすればいい？

安らかさを知ると同時に怖くなり、誰かと触れ合う心地よさに慄《おのの》いた。

自分の中にある葛藤には気づかないふりをして、思考を別方向へと捻《ね》じ曲げて、そして出てくる矛盾に混乱し、より苦しくなった。

——きっと、その暗い心が、影蜘蛛を引き寄せたのだろう。

ルイはリーディアの両肩に手を置き、顔を上げさせた。こちらに向けられる眼差《まなざ》しが、まっすぐに突き刺さる。

「リーディア。リーディアは今、アレの声を聞いただろう？　どう思った？」

ひくっ、と一度しゃくり上げてから、リーディアはルイの顔を見た。さっきまで影蜘蛛がいた場所に目をやり、胸の前で両手を握り合わせる。

引き攣《つ》る喉からようやく出した声は、か細く震えていた。

「か——可哀想《かわいそう》、だと」

辛そうで、悲しそうで、もはや肉体もないのにこの世にあり続けて、声なき声で疑問を発し続けることしかできない、なんの救いもない憐《あわ》れな亡者の魂。

可哀想に——

「リーディアもああなりたいと思う？」

その問いには、勢いよく首を横に振った。何かを強く拒絶したことのないリーディアだが、それだけは嫌だと思った。

死は決して自分に救いをもたらすことはない。リーディアはそれを知ってしまった。

今のリーディアには、ルイから貰ったものがたくさんあることに気づいてしまった。

愛情が。憧憬が。喜びが。

そして抑えきれない渇望が。

「じゃあ、どうしたいのか言って。正直に、素直に、今のリーディアが、心の底から望むことを」

ルイの真剣な声に、とうとう我慢がならなくなった。

「い――」

リーディアの目から、どっと涙が溢れ出る。

「……生きたい、です……!」

感情のまま、力の限り叫んだ。

頭と身体と心のすべてに満ちたその望みを、リーディアはもうごまかせない。

怖くても、不安でも、それでもなお。

「死にたくない!　生きて、ルイさまともっと一緒にいたい!　もっともっと、外の世界を見てみたい!」

その瞬間、ルイの腕が伸びてきて、ぐっと引き寄せられた。

そのまま強く抱きしめられる。

「――それが、聞きたかった」

優しい声が耳元で囁《ささや》かれ、柔らかな感触が頰に落ちた。

＊＊＊

「……それしかない」

玉座に腰掛けた国王は、小さな声でぼそりと呟いた。

人払いをした部屋の中は、たくさんの蠟燭を集めて置いてある王の周囲だけは明るいものの、それ以外の場所は薄暗かった。広い室内には冷え冷えとした空気が漂って、しんとした静寂だけが支配している。

扉の外側には大勢の兵が立って警備をしているが、中にいるのは国王一人だけだ。最近は、王太子とも宰相とも、ろくに顔を合わせていなかった。

戻ってこなければ離縁だと脅して、王妃と幼い子どもたちは強引に城へ呼び戻した。城内では大勢の人間が今も忙しく行き交っている。

しかし、現在の王の周りには誰もいない。

もはや何も信用できないのだ。

外に出れば魔物と出くわすかもしれないとビクビクし、横になれば闇の中から魔物が現れるのではないかと心臓が嫌な音を立てる。国王の髪の毛は、この半月ですっかり薄くなってしまった。

怯えているうちに、だんだん、周りの誰もかれもが疑わしくなってきた。

こいつらはもしかして、次の生贄に自分を差し出すのではないか？　もしも生贄姫がそう願えば、嬉々《きき》として自分の首を刎《は》ねようとするのではないか？

第三王女の勝手な行動も、もしかして自分を罠《わな》に嵌《は》めようとしてのことだったのではないか？

それらの疑惑はしまいには、魔物が兵や侍女の皮を被って近くに来ているのではないか、という妄想にまで膨らんだ。

そうなるともう、誰かを傍《そば》に置く気になど、到底なれない。王妃だろうが、自分の子だろうが、家臣だろうが、すべてが自分の敵に見える。

猜疑《さいぎ》心《しん》と不安と焦燥に、心労と寝不足までが重なっては、正常な思考をすることもままならない。独り言が増え、夢と現実の境目が曖昧になり、時には幻覚や幻聴に襲われて悲鳴を上げることもたびたびだ。

生贄姫に唆《そそのか》された魔物が自分を喰おうとする白昼夢を何度か見てから、国王の考えは一つのことだけに囚《とら》われるようになった。

いやむしろ、それ以外のことは何も考えられなくなった。

「それしかない……もう、それしかないんだ……」

何もない虚空を見据え、やつれた国王は、一人きりでぶつぶつと呟き続ける。

暗い部屋の隅で、影蜘蛛がもぞりと蠢いたことにも気づかないまま。

閑話　ルイの幸運

王城の禁書庫の奥深く、ルイはようやく目当てのものを探し出した。

「あー、やっと見つけた」

埃《ほこり》を被《かぶ》った古い書物を手に、しみじみと呟《つぶや》く。

今はもう夜更けなので周囲は真っ暗だが、ルイは夜目が利くので、耳の黒水晶がぽわんと発する青白い光だけでもちゃんと見ることができる。数百年も前のものなのであちこちがかなり傷んでいるが、これで間違いない。

「案外手間がかかったなあ」

見つけてみれば、それはご丁寧に隠し扉の中にあって、しかも厳重な鍵までついていたので、余計な時間も費やす羽目になった。

「まあ、そのついでにいろいろと見られたからいいか」

暇を見つけて敷地内をうろつき回り探索していたのは、何も遊んでいたわけではない。王城の立地条件を調べ、ルイの先祖が作り、五十年前には祖父が直した障壁の現在の状態を確認する、という目的もあった。

召喚方法を記した「古文書」の保管場所を探るのが最も面倒だったのだが、それもようやく達成できた。

「これでなんの憂いもなく、国に帰れるよ」

そう言ってため息をついた時、書庫の外で誰かの声が聞こえた。

内容は聞こえないが、女性同士が何か言い争っているようだ。ルイは気配を殺し、水晶の光もふっと消して、するりと闇の中に紛れるように隠れた。

「いやだ、何よここ、黴臭《かびくさ》い！　それに真っ暗じゃないの！」

扉が開き、ランプを持って入ってきた女性は、いきなり大声で悪態をついた。

黴臭いのは保存状態のよくない古い書物がたくさんあるためで、真っ暗なのは今が夜だからである。無理やり誰かに連れてこられたわけではなく、どう見ても自分から進んで入ってきたようなのに、どうして文句を言っているのだろう。

ぼんやりと明かりに照らされている顔はずいぶんと若いようだ。十代半ばくらいか。上等なドレスを身につけているところからして、かなり身分が高いらしい。

「フローラさま、王女殿下がこのようなところに。ここは護衛もつけずに入られるようなところではございません。早くお戻りを――」

娘の後ろからついてきた侍女らしき女性の諫《いさ》める声に、隠れていたルイはわずかに目を見開いた。

――驚いた、王女だって。それがローザ・ラーザ国王の娘のことを指すなら、彼女はリーディアの妹ということだ。

「護衛がついてきたら、お父さまに告げ口されるじゃないの！　ただでさえ、このところ監視が厳しいのよ！　お父さまったら、ちっともわたくしの言うことを聞いてくださらないんだから！　最近は面会もできないってどういうことよ！」

「それはフローラさまが勝手なことをなさるから……離れに食料を運ぶのをやめさせるのも、私は何度もお止めしましたよ」

ああ、あれはこの子の仕業だったわけね、とルイは納得した。

もしかして嫌がらせのつもりだったのかもしれないが、食料なんていざとなればいくらでもルイが調達できるので、まったく心配していなかったし、大して実害もなかった。

……いや、敢《あ》えて言うなら、リーディアが変な男と接触する機会をつくることにはなったか。

「うるさいわね！　だって早く魔物に生贄《いけにえ》姫を食べてもらいたかったんだもの！　お父さまもお母さまも怯《おび》えるばかりで何もしないし、こうなったらわたくしが魔物を追い返す方法を調べてやるわ！」

無理だと思うけど、とルイは内心で返事をして呆《あき》れた。

いかにも直情型で、思考も幼そうで、行動のすべてが空回りしそうなタイプである。

フローラという王女は、姉妹だけあって、顔立ちはリーディアと少し似ていた。髪と目の色が金色で、全体的によく整っているので、きっと二人並んで立てば誰もが見惚《みと》れるくらい絵になるだろう。

しかし、中身はまるで正反対だ。

いくら甘やかされて育ったからといって、こんなにも醜悪になるものだろうか。彼女が「早く食べてもらいたい」と言っているのは、血の繋《つな》がった実の姉のことなのに。

ルイを魔物だと信じ込んでいるなら、恐ろしいと思うのは判《わか》る。いくら肉親でも、一度も会ったことがない相手に対して愛情を抱けないのも無理はない。しかしだからといって、積極的に破滅へと追い込もうとするのは、まったく別の話である。

実の姉を「生贄姫」としか呼ばず、同情も憐憫《れんびん》もなく、かといって国や民のことを考えるでもなく、己の欲にのみ忠実に動く。

自分のことしか考えていない——この国の王族は、こんなのばかりだ。

「フローラさま、足音が……護衛がこちらに向かってきます」

「もう見つかったの!?　んもう、判ったわ、戻るわよ！」

慌てる侍女の言葉に追い立てられて、王女は癇癪《かんしゃく》を起こすように叫び、バタバタと書庫から出ていった。王女にあるまじき騒々しさである。

ルイは深い息を吐き出した。

「……もったいないよなあ」

心の底から、そう思う。

誰もかれも、今のところ自分自身にしか向けない目と心を、ほんの少しだけリーディアに向けてみれば、いろいろなことが判ったかもしれないのに。

結局、リーディアの両親も、兄弟姉妹も、誰一人として、離れに足を運ぶことはなかった。

リーディアが実際はどういう娘なのか、何を考えて、何を思い、どんな風に変わっていったか、彼らは何ひとつとして知らないまま、勝手に頭だけで虚像を作り上げ、それに振り回されている。

ひたむきに物事に取り組んで、苦労して、多くのことを身につけて、知らなかったことを知ろうとするリーディアの、あの瞳の輝きを……ようやく生の実感を得た人間の驚くほどの変貌を、見ようともしなければ気づきもしないなんて。

こんなにもったいないことはない。

「……まあ、もう関係ないけど」

ここまで待ってやったのだから、これ以上こちらが譲歩する義理もない。せめて少しくらい一人の女性の十七年という時間を犠牲にしたことに贖罪《しょくざい》の気持ちを持っていたなら、ルイだって「これから起こり得ること」について、多少は考慮したのだが。

今の王女の姿が決定打となった。

「うん。その必要はない、ということで」

手に持っていた古い書物をぺらっと捲《めく》り、すぐにぱたんと閉じる。

耳の黒水晶を外して書物の上にかざすと、「燃やせ」と命じた。

黒水晶が青白い光を放ち、それがそのまま炎となって、紙に燃え移る。ぼぼぼ、というかすかな音を立てて書物はあっという間に灰になり、ポロポロと床に落ちた。

「ご先祖の親切はここまで。この国の今後は、この国のやつらが決めればいいことさ」

ルイは肩を竦《すく》めて、突き放すように言った。

リーディアにはこれまでの分、うんと笑ってもらわなければならない。故郷とは呼べないこの場所とも、血が繋がっているだけの王族とも、これ以上はもう関わらせたくなかった。

「……やっと、前向きになってくれたことだしね」

ずっと自分の生を否定し続けてきたリーディアが、ようやく自ら未来に手を伸ばしたのだ。はじめて生きる希望を持ち、「これから先」へと向け始めたあの空色の瞳の、なんと眩《まぶ》しいことか。

ルイはあの輝きを、ずっと守ってやりたいと思っている。

彼女の傍らに立って、信頼に満ちた眼差《まなざ》しを向けられるのは、いつだって自分でありたい。

リーディアを、どの世界の誰よりも幸せにしてやりたい。

「ああー、俺も幸せ……」

妻になるのがリーディアでよかった。じいさまありがとう。生まれる前から決まっていた婚約者だが、彼女と出会えたのは本当に幸運だった。

今はもう、自分の伴侶はリーディア以外に考えられない。

鼻歌を口ずさむくらいふわふわと浮かれながら、ルイは書庫を出ていった。

床に落ちていた黒焦げの紙は、風もないのにさらさらと空中に流れて、やがて跡形もなく消えた。

第五章　訣別の日

Happiness of Sacrificial Princess

素晴らしく美しく晴れ上がった空だった。

リーディアとルイはその日、いつもとは趣向を変え、外でお茶を楽しむことにした。

テーブルと椅子をルイが運び出し、ようやくお茶の支度を一人で完璧に調えることができるようになったリーディアが道具一式をワゴンに載せて押していく。

外といっても周りの景色は木々に囲まれているからさして開放感があるわけではないが、それでも直接陽《ひ》の光を浴びたり、穏やかな風を感じたりすれば、気分的にはかなり違う。

「気持ちがいいですね、ルイさま」

「そうだね」

テーブル上に並べたカップにお茶を注ぎながらリーディアがそう言うと、椅子に座ってその様子を眺めているルイも目を細めて同意した。

なぜこうして外でお茶をすることになったかといえば、明日、ルイとともにここを出ていくことを、リーディアが決めたからである。

生贄《いけにえ》としてではなく、ルイの「お嫁さん」として、あの召喚陣を通り、彼の国へと向かうのだ。

あちらへ行ったらもうこちらに戻ることはない。たとえルイが許可してくれても、リーディアにそんなつもりが一切ない。今度こそ本当に、リーディアという存在はこの地から消える。

だから最後に、少しでもいろいろな思い出を作り、記憶に残しておこうとルイが提案してくれたのだった。

生まれ育ったこの建物から離れることを寂しいとも悲しいともまったく思わないし、はっきり言うならこの場所にもこの国にも思い入れはこれっぽっちもないが、これもルイの気遣いなのだろうと思うから、リーディアは素直に肯《うべな》った。

それに単純に、こうしていると楽しいし。

お茶を淹《い》れ終え、ルイの前にカップを置いてから、自分も座ろうと思って気づいた。

椅子は二脚あるが、それらは密着と言っていいほど隣同士でぴったりくっついて設置されている。

これでは肘と肘が当たってしまうと、リーディアはもう少し椅子を離そうとしたが、ビクともしない。

よく見たら、ルイがしっかり座面の端を押さえ込んで阻止していた。

「…………」

しょうがないので、そのまま腰を下ろすことにした。ルイの身体《からだ》が触れそうなくらい間近にあって、ぎちぎち感がすごい。そんなに小さなテーブルではないので、余った面積が非常に広々としている。

なるべくルイに当たらないよう、ようやく椅子に座ることに成功したら、息をつく間もなく、するりと手を掬《すく》うようにして取られた。

「リーディア」

「はい」

やけに真面目な声で呼びかけられて隣に顔を向けると、声よりも数倍真面目な表情をしたルイが、ひたとこちらを見つめている。

なるほど。彼は彼で、思い出作りとはまた別の意図があったようだ。

「改めて言うけど」

「はい」

「——俺のお嫁さんになってくれる？」

あちらへ行く前に、きちんとした求婚をしなければ、と考えたらしい。どうりで朝から無口で動きがぎこちないと思った。

一拍の間を置いて、リーディアはふわりと微笑《ほほえ》んだ。

「ルイさまは、こんな生贄育ちの世間知らずなわたくしで、よろしいのでしょうか」

「リーディアがいい。子どもの頃じいさまから話を聞かされて以来ずっと、どんな女の子が俺のお嫁さんになるのかなって想像してたんだ。リーディアはその想像のどれとも大きく違っていて、でも想像をはるかに上回って可愛《かわい》くて、純粋で、混じり気がなくて、素直で、一生懸命だった。これからの長い時間を、俺とともに過ごしてくれる？」

リーディアは自分の手に重なっているルイの手を、もう一つの手で包み込むように挟み、にこっと笑った。

「はい。どうぞわたくしを、一生ルイさまだけのものにしてください」

これからの長い時間——という言葉を心の中で繰り返した。

行き止まりに向かう一本道だったものが、最後の最後で突然分岐して、先へと続く道ができたことに、正直、まだ困惑はある。不安だって消えたわけではない。どんなに目を凝らしても、道の向こうに何があるのかは、まったく見えないのだから。

「約束の日」を迎えるまで、リーディアにとって一年後と二年後はそれほど変わり映えのないものだった。

でもこの先は、きっとまったく違うのだろう。昨日と今日でさえ違うのだから、今日と明日だって違うに決まっている。

どう違うのか、どんなものになるのか、予測もつかない。普通の人たちは、こんな不確かな道をどうやって進んでいるのだろう。

何を楽しみに、何を怖《おそ》れて、それでも足を踏み出すのか。

リーディアには、まだ判《わか》らないことだらけだ。

だけどこれから、生きるということ、未来というもの、夢を描くということを、ゆっくりと考えていきたいと思っている。

ルイと一緒に。

「……うん」

ルイが目元を和らげる。

やっと緊張から解放されたように大きな息を吐き出して、前に置かれたカップを手に取った。ちなみに椅子の位置はそのままである。

「ルイさま」

「うん？」

「ルイさまのお国は、どのようなところなのでしょう」

リーディアの問いで今になって気づいたのか、「あ、そういえばまだ言ってなかった」とルイが目をしぱしぱさせた。

カップをソーサーに戻し、少し笑う。カチンというかすかな音がした。

「カラの国、と呼ばれてる」

呼ばれている、というのも不思議な表現だ。

リーディアが首を傾《かし》げると、ルイは目を細め、ふいに節をつけて歌うように言葉を出した。

「──幹《から》の国、殻《から》の国、空《から》の国」

リーディアの耳には、それらはどれも同じにしか聞こえない。

「世界と世界の間に均衡をとるようにして存在し、外側からは破ることも割ることも決して叶《かな》わず、普通の人の目からは何もないように見える。俺たち一族はそこを拠点として、あちこちの異界を巡り、依頼を受け、仕事をこなしているんだ」

そう言ってから、依然としてきょとんとしているリーディアを見て、今度は微笑を苦笑に変えた。

「まあ、どれだけ説明したところで、言葉だけでは判らないよね。とにかく、一族以外の人からすると、すごく不思議なところらしい。俺の母親もそうだけど、余所《よそ》から嫁入りした女の人たちは、最初のうち何もかも驚くことばかりみたいだし……」

終わりのほうは曖昧に言葉を濁して、尻すぼみになった。ルイが眉を下げ、心配そうに問いかける。

「……そんなところに行くの、怖い？」

リーディアは目を真ん丸にした。何を言っているのだろう。

「ルイさま」

「うん」

「わたくしにとって、この離れ以外は、どこも等しく未知の場所です。ローザ・ラーザ王国でさえ同じく、知っていることなど一つもありません。実際にこの目で城壁の外を見たことは、今までに一度もないのですもの」

「うん」

「ですからどこへ行こうが、そこは『不思議なところ』で、何もかも驚くに決まっています」

自信満々に返した答えに、ルイは少し呆気《あっけ》に取られてから、ぷっと噴き出した。

ほっとしたように、頬を緩める。

「そっか、どこでも同じか」

「はい。でも、怖くはありません。ルイさまがいてくださいますから」

「うん。少しずつ、慣れていってくれればいいよ。俺も努力するし、一族はみんな君を歓迎するからね」

「一族の方々……ルイさまのご両親とお祖父《じい》さまには、どのようにご挨拶すればよろしいでしょう」

「普通でいいよ、って、リーディアにはその『普通』が判らないんだったか。そうだなあ、わたくしを食べてください以外の言葉なら、大丈夫だよ」

「まあ。わたくしが食べてくださいとお願いするのは、すべての世界ひっくるめてルイさまお一人だけです」

「う……うーん……相変わらず嚙《か》み合っていないような、だけど強烈に口説かれているような……」

ルイが赤くなった耳たぶを指で摘《つ》まんで引っ張り、視線を明後日《あさって》の方角へと向けた。

尻尾がぴんと立って、パッタンパッタンと右へ左へ振り子のように大きく揺れ動いている。それにつられてリーディアも右に左に視線を動かし、ちょっと目が廻《まわ》ってしまった。

指先がムズムズする。この尻尾、触れたり摑《つか》んだりしていいのだろうか。実を言えば、ずっとそうしたくてたまらなかったのだが。それとも若い娘として、その行為ははしたないものとされるのだろうか。

殿方の尻尾をぎゅっと握ってみる、だなんて。

「……ディア、リーディア」

気づいたら、名を呼ばれていた。

「あ、はい」

「このクッキー、どうしたの？」

ルイが指し示す先には、皿に行儀よく盛られたクッキーがある。

砕いたナッツが混ざっていたり、赤いジャムが載っていたり、くるりと捩《よ》じってあったりと、種類も豊富だ。

「今朝、扉の前に、台車ごと食材が置かれていましたでしょう？」

「うん」

「その中に入っていました」

前回届けられた食材は、肉の塊や野菜ばかりで、加工品はほとんどなかった。だが今日の荷物には、それらと一緒にクッキーをどっさり詰め込んだ袋が添えられていたのである。ルイは料理はできるが菓子は作れないので、こういったものは久しぶりだ。

今回は顔を合わせることはなかったが、もしかしたら、エドモンドが気を遣ってくれたのかもしれない。リーディアは、あの人当たりのよさそうな笑顔を頭に浮かべた。

ちょうどお茶に合うだろうと持ってきたそのクッキーを見て、ルイはなんとなく微妙な顔つきをしている。

くん、と小さく鼻を動かした。

「そういえば、ルイさまは甘いものはあまりお好きではないのでしたね」

「まあね……」

ルイの目はじっと皿の上のクッキーに向かったまま、何かに気を取られているのか、口から出るのも生返事だ。

「どうぞお気になさらず。ルイさまがお食べにならなくても、わたくしがいただきます」

リーディアはそう言ってクッキーを一枚取った。しかし口に入れる手前で、ルイの手が伸びてきて腕を摑み、動きを止められてしまった。

ルイを見ると、彼は薄《うっす》らとした笑みを口元に張りつけている。

「？　どうなさいました？」

「いや。……ねえリーディア、それ、俺に食べさせてくれない？」

にこにこしながら頼まれて、リーディアは「はい？」と問い返した。

「恋人同士の『はい、あーん』ってやつ。俺の夢だったんだよね」

「以前伺った夢の中には、入っておりませんでしたが」

「一つ叶えば、また一つ新しい夢が増えるものなんだよ。リーディアも何かしたいことはできた？」

「はあ、でも、そんなこと、わたくしの口から申し上げてよろしいのか……」

「え、あるんだ。なに？　俺が手伝えることならいくらでも」

「実は、ルイさまの尻尾を撫《な》でたり握ったりしてみたいのです」

「いやごめん、台詞《せりふ》の中身と表情の落差がすごすぎて意味が判らないんだけど。今までさんざん際どいこと平然と言ってきて、なんでここで頬を染めて恥じらってるの？　尻尾……尻尾なら別にどれだけ撫でても握ってもいいけど……え、尻尾だよね？　変な意味のアレじゃないよね？　俺が妙に勘繰りすぎなの？　俺の下心がすべて悪いの？」

ルイは少し混乱しているようだった。「変な意味のアレ」とはなんだろう。彼の表現はたまに難解だ。

「それでは、またの機会にお願いします」

「いや、今でもいいけど。尻尾なら。尻尾ならね」

「いえ、そんな、こんな外でなんて……後でゆっくり、時間をかけて堪能させていただきます」

「なんでかな、ものすごくいかがわしく聞こえるよ！　俺の汚れた心のせい!?」

「はい、ルイさま、どうぞ。『あーん』」

尻尾の感触を確かめる約束を取り付けて安心したリーディアは、摘まんでいたクッキーをそのままルイの口元に持っていった。

ぶつぶつと小声で何かを言っていたルイが、「もー、リーディアには敵《かな》わない……」と赤い顔で口を開ける。

さくっと軽い音を立てて一口齧《かじ》ってから、わずかに眉を寄せた。

「お口に合いませんか？」

「あー、うん、そうだな……」

しばらく舌で味わうように確かめてから、ごくんと飲み下し、すぐにカップの中のお茶を口に含む。

「俺というより、リーディアの口には合わないね。……どうやら、料理人が砂糖と塩を間違えたみたいだ。しょっぱすぎて、食べられたもんじゃない」

ルイはそう言いながら、クッキーの載った皿をリーディアの手が届かないところまで移動させてしまった。

「まあ、お砂糖と塩を？」

エドモンドが間違えたのかもしれない。確かに少し、うっかりしたところのある人物であった。

「ルイさまは大丈夫でしたか？」

「俺は平気。こういうものに耐性があるからね」

「耐性、ですか」

「――霊は塩気を嫌がるから、昔から塩辛いものに慣れてるってこと。でもリーディアの身体にはよくないしね、食べるのはやめておいたほうがいい」

「判りました」

そういえば、ルイの料理はいつも少し塩が多めだ。リーディアは納得し、どういう理由で霊は塩を嫌がるのかと考えた。こういったことも、これから少しずつ教えてもらえるのだろうか。

ルイはまるで口の中を洗い流すかのように、カップを傾けて、入っていたお茶をすべて飲み干してしまった。

「よほど塩の量が多かったのですね」

「うん、まだ舌が少しピリピリするな」

「まあ、そんなに……お茶のお代わりはいかがですか？」

ティーポットを持ち上げようとしたら、それもルイに止められた。

「リーディア、お茶よりもさ」

「はい？」

ルイの手が伸びてきて、肩を抱かれた。そちらに引き寄せられ、顔と顔がくっつくほど近くなる。

「――口直しさせてほしいな」

微笑しながら、小さな声で囁《ささや》かれた。

ルイの呼気が耳朶《じだ》に触れる。くすぐったさに少し首を縮めて、リーディアは彼の黒い瞳を見つめた。

頬が熱い。心臓が大きく胸の内側を打ち立てている。鼓動が激しすぎて、今にも外に飛び出してしまいそうだ。

だけど死ねない。

「わたくしで、お役に立てますか？」

「ちょっぴりリーディアを味見させてくれる？」

「はい、わたくしはルイさまのものですから、どこでもお好きに召し上がれ。腕でも足でも頭でも――唇でも」

その後、リーディアの身体の一部分は舐《な》められ食《は》まれ啄《ついば》まれ、ルイが満足するまで存分に味見をされた。

＊＊＊

真夜中を過ぎても、ローザ・ラーザ国王はベッドの中で目を開けたまま、まんじりともせず横になっていた。

果たしてあれから首尾はどうなったのだろう。命令を下してから、そのことばかりが気にかかり、何も手につかない。この件は長男の王太子にも宰相にも言っていないから、王一人だけが悶々《もんもん》と悩みを抱え込んでいなければならないのも業腹だった。

何度も何度も考えた。やっぱりやめようかと弱気になっては、いや機を逃して後で災厄が降りかかったらどうすると自分を叱咤《しった》することを繰り返した。

王として、苦渋の決断だったのだ。ローザ・ラーザ王国と国民を確実に守るには、こうするしかない。

そもそもあの生贄姫が、さっさと役目を全うしてくれないから、こんなことになったのではないか。

王族に生まれたからには、自分の意に沿わなくてもしなければならないことなんて、いくらでもある。自分だって、王妃だって、王太子をはじめとした子どもたちだってそうだ。

政略での結婚は当たり前、戦争が起きれば数万の兵を死地に追いやっても勝たなくてはならず、たとえ何があろうと私情を優先するのは許されない。

リーディアという娘も王女なのだから、国のためにその身を犠牲にするのは仕方のないことなのだ。

それに、自分たちはあの娘を虐げたわけではない。暴力で押さえつけることなど、一度もしなかった。むしろ物資面では何不自由なく揃《そろ》えてやった。大事に大事に、囲い込んで守り育てたのだから、恨まれる筋合いなどありはしない。

「そうとも……」

自分に言い聞かせるようにぼそりと呟《つぶや》いたところで、ふっと室内がいきなり暗くなった。

ぎょっとして跳ね起き、見回してみれば、壁に据えつけてある四つの燭台《しょくだい》で燃えていた炎が、すべて消えている。現在明かりを灯《とも》しているのは、ベッド脇のテーブルにある枝つき燭台の三本の蠟《ろう》燭《そく》のみだ。

真っ暗になるのが嫌で、壁の蠟燭はどれも夜が明けるまで保《も》つようにしてあったはず。

それがなぜ一斉に消えた？　窓はすべて閉め切って、どこからも風なんて吹いてこないのに。

寝室の広さに比べ、燃えている三本の蠟燭の灯火が届く範囲はおそろしく狭い。さっきまで明るかった分、周りの暗闇が押し寄せてくるような圧迫感を覚えた。

鬱蒼《うっそう》とした闇の気配が濃密になる。ざわ、と何かが動いている音が聞こえた気がして、王は身体を硬直させた。

窓の外は無風だ。風に揺られた木の音ではない。ではなんだ。

——まさか、影蜘蛛《かげぐも》？

じわっと脂汗が滲《にじ》む。いや、そんなことはないだろうと慌てて打ち消した。実体のない影蜘蛛は、どれだけ動いても音などコソリともしない。

静かに、ひそやかに、いつの間にか背後に忍び寄る。

「ひっ……！」

小さな悲鳴を上げて、ばっと勢いよく後ろを振り返る。

何もなかった。心臓をばくばくさせて、細い息を吐き出す。

王妃は子どもたちと一緒に寝ると言い張って、ここにはいない。大きなベッドで身を起こしているのも、この部屋の中にいるのも、国王ただ一人だけである。

たまらなくなって燭台の横に置いてあったベルを取り上げ、けたたましく鳴らした。

しかし、返事もなければ、物音一つしない。

馬鹿な。寝室の扉の前には警備の兵が複数人、寝ずの番で立っているはずだ。一人残らずこの音に気づかないなんてこと、あるはずがない。

「おい、誰か！　蠟燭の代わりを——明かりを持ってこい！」

怒鳴りつけるようにして命令したが、それにも何も返ってこない。

しんとした静寂は、今や息苦しいくらい室内に充満していた。こんな——部屋の外が無音に近いまでに静まり返るなんてことが、あり得るのだろうか。

その時、ギイ、と音を立てて扉が開いた。

心底ほっとして、同時に怒りが湧いてきた。びくびくと怯《おび》えきっていた反動で、無性に腹立たしくてたまらない。大体、ここは王の寝室なのに、返事をしないどころか入室の許可も得ず扉を開けるとはどういう了見だ。

「何を——」

していた、と続けようとしていた大声は、喉から出る前に止まった。

大きく目を瞠《みは》る。顔が恐怖で引き攣《つ》った。

扉が開いて暗闇の中に入ってきたのは、それもまた暗闇だったからである。

黒い髪、黒い瞳、首まで詰まった黒い衣装の――闇の眷属《けんぞく》。

「ま、魔物……」

悲鳴を上げようとしたが、王の口からは掠《かす》れた呻《うめ》き声《ごえ》しか出なかった。

まさかこんなところに突然現れるとは。これではなんのために警備を増やしたのか判らない。いや、そうだ、魔物がここまで入り込んでいるのに、咎《とが》める声も、争う音すらしなかったではないか。

一体どうなっている。

扉を開けてするりと身を滑らせるように寝室に入ってきた魔物は、口をぱくぱくさせているベッド上の王を見て、切れ長の眼《め》を冷ややかに眇《すが》め、面白そうに口角を上げた。

「安心してよ、別に乱暴なことなんてしていない。兵はみんな、眠ってる」

「そ、そんなわけが――」

「ぐったりして、立ち上がる気力もないようだ。あんたの無茶な命令続きで、疲れが溜《た》まっていたんじゃない?」

にやりと笑って、付け加えた。

「朝から晩までこき使われてることへの不満と苛立《いらだ》ちも、相当積もり積もってたんだろうね。そんなことだから、アレに付け込まれるんだよ」

「あ……あれ、だと？」

「よく知ってるでしょ、アレ」

魔物の言葉にひやりと背中が寒くなった。

慌ててきょろきょろと頭を巡らせ、闇の中に目を凝らす。何も見えない――いや。

蠟燭で照らされたベッド近くの床に、もぞもぞと蠢《うごめ》く何かが見える。

「ひいいっ!!」

いつの間にか、寝室の中に、一匹の影蜘蛛が入り込んでいた。

しかも、王のすぐ間近にだ。

人の形によく似た魔物は、それにはまったく頓着せずに、ゆっくりとベッドに近づいてきた。

王は泡を噴きそうになりながら、蒼白《そうはく》になってぶるぶると震えているしかない。逃げたくとも、ベッドから片足を下ろしたその瞬間に、影蜘蛛が喰《く》いついてきそうだ。

魔物はベッドの傍らにまで来ると、おもむろに拳にした手をかざすように持ち上げた。

何をされるのかと怯え、ひたすら身を縮めるばかりの王の目の前に、ばらばらと何かが落ちてくる。

その何かは、魔物の手の中から出ているようだった。パキパキとすり潰すようなざらついた音がする。白いシーツの上に細かい欠片《かけら》が散らばって、王は何度も目を瞬《またた》いた。

なんだこれは。小石のような、砂のような。魔物は手の中に入れたその何かを握って砕きながら、ベッドに降らせるように落としている。

小さな小さな欠片。どこからか、ふわりとバターの匂いがする。

そこまで気づいて、王の顔からさらに血が引いていった。

クッキーだ。

「贈り物を、どうもありがとう」

魔物は口元に笑みを浮かべてそう言った。凍《い》てつくような眼差《まなざ》しは、揺らぎもせずに王に据えられている。

寒いほどの空気の中、伝わってくるのはもはや怒りではなく、殺気だ。

「……これに毒を仕込むよう命じたのは、あんたかい？」

国王は自分のすぐ前に散らばる、粉々に砕けたクッキーの破片を茫然《ぼうぜん》と見下ろした。

汗みどろになった顔でわなわなと唇を震わせ、ゆるりと頭を動かす。

緩慢に振るようなその動きは、次第に速度と勢いを増し、最終的には首がもげそうなくらい必死の否定となった。

「し、知らん……！　私は何も……！」

魔物は口の片端を上げたままその様子を冷然とした表情で眺めていたが、ふいに上体を屈《かが》め、ベッド上の王に顔を寄せた。

ビクッと痙攣《けいれん》するように反応した王は、すぐ間近に迫った魔物の射貫《いぬ》くような眼に、それきり眉一つ動かすことも叶わなくなった。目玉が飛び出てしまいそうなほどに大きく見開き、カタカタカタと小刻みに身を震わせることしかできない。

「あんたじゃなきゃ、誰がこんなことをするんだい？」

「……知ら」

「知らない知らないって、子どもみたいな言い訳だね。仮にも一国の王が、もう少しまともなことが言えないの？　いいや、あんたは知ってたはずだよ。離れに男を寄越《よこ》してコソコソ嗅ぎ回らせていただろう？」

気づいていたのか、と王は息を呑《の》んだ。そして次の瞬間、沸騰するように頭にのぼったのは、偵察役の男への怒りと罵り言葉だった。

あの無能が魔物に動きを悟られるような真似《まね》をするから、こんなことに。

毒だって、普通なら絶対に気づかれることはないと言っていたではないか！

「……その顔、この期《ご》に及んでも他人に責任を被《かぶ》せることしか考えてないようだね。言っておくけど、俺はそんなこと別になんとも思っちゃいない。むしろ堂々と姿を現して、事情を聞いてくればいいのにと思っていたくらいだ。訊《たず》ねられれば、なんでも答えてやったのに」

直接あの離れの建物を訪れて、ほんの少し会話をすることを選ぶだけで、馬鹿げた誤解やすれ違いなど、あっという間に解消できただろうに。

魔物はそう言って、皮肉げな笑みを浮かべた。

「だけど、あんたたちは誰一人、自ら足を運び、様子を見に来ることもしなかったね。リーディアがどんな子かを知れば、多少は思うところもあるだろうと、俺もちょっとだけ期待していたんだけどな。――でも徹頭徹尾、あんたたちはリーディアに対して無関心だった」

いっそ呆《あき》れるような顔つきになって、魔物は身を起こし体勢をまっすぐにした。

ようやく少しだけ威圧感が和らいで、王は小さく息を吐く。今この瞬間、自分が魔物にとって「なんの価値もないもの」として見放されたことなど、王の意識には欠片も浮かばない。

「まったく憐《あわ》れになるくらいだよ、ローザ・ラーザ国王。あんたたちは人生における最大の宝を、それも、とびっきり美しい宝石を手にする機会を、永遠に失ってしまったんだ」

魔物の言葉は、何一つ王には理解できなかった。

あちらも判らせようとして言っているわけではないらしく、その目からはすでに王に対する興味があからさまに消えている。

だが、事実を追及しようという気持ちまではなくなっていなかったようだ。

「――で、なんで毒を?」

再度鋭く詰問されて、王の両肩が大きく揺らぐ。

「しかもずいぶん遅効性の毒だったね。その場では多少気分が悪くなる程度だけど、摂取量に従い、じわじわと身体の内部を蝕《むしば》んでいく種類のものだ。あの大量のクッキーを、毎日のお茶の時間に少しずつリーディアが口にしていたら、原因も判らないまま弱っていって、しまいには死んでいただろう。昔からの暗殺の常套手段《じょうとうしゅだん》といえば、まあそうだけど」

そんなことまで……と白茶けた顔で王は身を小さく縮めた。

なぜだ。あの毒は無味無臭、バターと砂糖をふんだんに使ったクッキーの中に入れておけばなおさら判るはずもないのに。

「殺された、とはっきり判る手段は使えない。そんなことをすれば俺が――『魔物』が怒って何をするか判らないから、というわけかな？　外に出ることのなかったリーディアはもともと丈夫なほうじゃない、徐々に弱って死ぬのならいくらでもごまかしがきく、とでも考えた？……どっちにしろリーディアを失えば、絶望した俺が城の全員ぶっ殺しちゃう、とは思わなかったのかなあ。その場合、まずは王族からだよね」

からかうような口調で恐ろしいことをさらっと言われて、王は目をひん剝《む》いた。

「ま、待ってくれ！　どうかそれだけは！　王族がなくなれば、国が滅ぶ……！」

「いや、そんなことは別にないと思うけど。王や王妃がいなくても、民は案外なんの痛手もないもんさ。そもそも国民の大部分は、あんたの顔も知らないだろうしね。王が死のうが、城が壊れようが、その日の飯と寝床さえあれば、人は生きていけるものだよ。試してみようか？」

「ち、違う！　仕方なかった、仕方なかったんだ……！　あの娘は我々のことを恨んでおる。その怒りや憎悪を、この国と民に向けさせるわけにはいかん！　魔物と情を交わしたのなら、あの娘もいずれ魔物となろう。私は王として、国を災禍に落とし込もうとする原因を、すみやかに排除せねばならない責任があるのだ！」

「うわ、ここで『責任』ときたよ。どこまでも身勝手なことを言うね。呆れ果ててものも言えない。これまでさんざんリーディア一人にすべてを背負わせておいて、さらに独りよがりな妄想まで被せようとするとはね。掌《てのひら》返して媚《こ》びへつらってくるほうが、まだ可愛げがある」

苦々しく顔をしかめ、魔物はちっと舌打ちをした。その小さな音でさえ、王にとっては脅迫に聞こえる。

大きなため息を吐き出して、「いいかい、よく聞きな」と魔物がうんざりした調子で言った。

「そうまでリーディアが自分たちを恨んでいると思い込むのはどうしてだ？　それはあんたたちのほうに、『恨まれるようなことをした』という後ろめたい気持ちがあるからだ。リーディアを疑うのは自分たちが小指の先ほども信頼関係を結ぼうとはしなかったからだし、報復を恐れるのは自分たちがリーディアに対して酷《ひど》いことをしてきたという自覚があるからだ。だったらなぜ、それを認めて、まずは謝罪をしようとしない？　せめて顔を見て言葉を交わそうとはしない？　自分たちの行為を顧みて、それと向き合うということをしないんだ？」

王は何も返せない。ただ口を引き結び、じっと固まっているしかなかった。

「──魔物なんてのはね、どこにも存在しないんだよ」

魔物は一つ息をついて、きっぱりと言った。

「あんたたちが考える魔物ってのは、とにかく恐ろしくて、心を持たず感情もない、人とはまったく別の生物のことだろう？　これまでたくさんの世界を廻ったけど、どこにもそんなものはいなかったよ。俺は一度も見たことがない。自分たちと少し見た目が違う、変わった姿をしているってだけで無闇に怖れる人間はどこにでもいるけどね。『自分とは違う』という理由で他人を差別し、嫌悪し、見下すその心のありようが、幻の魔物を生み出すんだ。この世で最も厄介なのは、人間の持つその弱さ愚かさだよ。俺にしてみりゃ、生きた人間のほうがよほど手に負えない」

魔物に説教されるという、なんとも屈辱的な現実の前に、国王はびくびくしながら顔を上げて、精一杯の反駁《はんばく》を試みた。

「だ……だが、実際に、魔物はいるではないか。今も、目の前に」

自分のすぐ近くにはまだ影蜘蛛がいて、獲物を捕らえるのを今か今かと待ち構えている。

その脚が床の上をうぞうぞと這《は》っているのを見て、気分が悪くなった王はさっと目を逸《そ》らした。

「だから言ってるだろ、『人間』の弱さ愚かさが最も厄介だと。人の執着が、欲が、嫉妬が、『魔物』と呼ばれるものを生み出すんだ」

「……？」

何を言っているのかまったく判らなかったが、魔物はそれ以上説明する気はまるでなさそうだった。

もう何もかもが面倒くさくなった、とでもいうように肩を竦《すく》める。

「——ま、心配しなくても、俺とリーディアは、明日この国を出る。もう金輪際、彼女をここに関わらせる気はない。俺だってもう、この場所にはうんざりだ」

魔物が明日出ていく、というのを聞いて、王はほっとした。

毒の件を口にされた時は、てっきり四肢を引きちぎられるような無残な殺し方をされるものだとばかり思ったが、今のところそういう気配はなさそうだ。

その内心を見透かしたように、魔物がにやっと笑った。

「直接的には何もしないよ。だけど、あんたたちが『古文書』と呼んでいるものは処分させてもらった。召喚陣も、明日以降は使えないよう、あちら側から閉じる。俺たち一族は、今後何があろうと、この国からの依頼は受け付けない」

それを聞いて、王はかえって安心した。

この五十年、不気味な光を発し続けていたあの召喚陣が使用不可になるのなら、こんなにありがたいことはない。今後もまたこんな恐ろしい魔物と関わり合いになるなど、こちらのほうからお断りだ。

「……と、それだけにしておこうとしたのに、リーディアに危害を加えるようなことをするからさ」

ぼそっと付け加えられた言葉に、再び顔を強張《こわば》らせた。この言い方、他に何かがあるということか。

「な、何を」

「いやあ、俺の可愛いリーディアが毒を飲まされそうになって、それをさらっと水に流せるほど、俺は心の広い男じゃないってこと。ていうか正直に言うと、腸《はらわた》が煮えくり返ってるんだよ。俺の一族ってのは一途《いちず》な分、自分の嫁を傷つけたり奪ったりするような連中には、容赦しないんだ」

「や、やはり私を殺すつもりか……!?」

「さあ？　死ぬかどうかは判らないけど。俺は単に、五十年前じいさまが作り直してやった障壁に、『穴』を開けておいただけだから」

「あ、穴……？」

「そういうこと。じゃあね」

魔物はあっさり言って、身を翻した。入ってきた時と同じように、すたすたと無造作に扉へと向かっていく。

本当に自分に何かをすることはないと知って王は身体中の力が抜けるくらい安堵《あんど》したが、下に目をやって、ぎょっとした。

「ま、待て！」

「ん？」

扉に手をかけて開けたところで、魔物が振り返る。

「かっ、影蜘蛛が残ったままだぞ！」

その言葉に、魔物は楽しげに笑った。

「もしかして、俺にそいつを祓《はら》ってほしいって言ってるの？　依頼は受け付けないと、さっき言ったはずだけど？　そしてもしも祓ったとして、報酬に何を差し出すつもりだい？　今度こそ、あんたが『生贄』にでもなる？」

「ぐ……」

王は押し黙った。そんな約束はできっこない。かといって、影蜘蛛に生気を吸われるのも嫌だ。

魔物は手をぴらぴらと軽く振った。

「でも、俺が他に生贄を求めたなんて知られたら、リーディアに怒られちゃうしね。あんたなんて髪の毛一本要らないし。……ま、一応おまけとして、動きは封じておいてあげるよ。明るくなったら、勝手にどこかに逃げていくさ」

「明るくなったら……で、では、朝までこのまま、ということか……!?」

「そいつに見守られながら、いい夢見てね」

王は愕然《がくぜん》とした。

魔物が小さく何かを呟いただけで影蜘蛛の動きは止まったが、そこにいるのは変わりない。影蜘蛛に眼はないのに、ベッドの下から凝視されているような気がする。この視線を感じながら、動くこともできずただじっと陽が昇るのを待てというのか。

まるで拷問だ。

冷ややかに笑んだ魔物が、扉の向こうから顔だけを覗《のぞ》かせた。

「――朝になったら鏡を見てみなよ、ローザ・ラーザ国王。自分の血を引いた娘を贄《にえ》にしようとし、十七年も軟禁し放置し続け、一人の娘の優しい心と尊厳を踏みにじっておいて一度として悔いることも反省することもせず、さらには子殺しの大罪まで犯そうとした。形振《なりふ》り構わぬ自己保身と、浅ましい打算と、醜い利己主義が凝り固まり人の形をとった、本物の恐ろしい『魔物』が、そこに映っているはずだから」

＊＊＊

翌日、リーディアは朝食をとってから身支度を整え、簡単に離れの片付けを終えると、ルイと一緒に王城地下室へと向かった。

ルイに手を握ってもらい、きちんと顔を上げ、前だけを見て進む。決して後ろを振り向くことはしなかった。

王族が住んでいるという西翼の前を通ったが、そこはひっそりと静まり返っていた。木々の向こうから聞こえていた声の主であろう幼い王子王女の姿はどこにも見えない。庭園は美しく整備された景観で広々としていたが、人っ子一人いなかった。

警備の兵すらいない。

リーディアは少し不思議に思ったが、なにしろ今までまったく縁のなかった場所なので、これが普通なのかどうかの判断ができない。城というのはもっと大勢の人がいて賑《にぎ》やかなものだと思っていたが、どうやらその認識は改めなければならないようだ。

建物の中に入って、地下へと進む途中でも、見張りの兵や使用人の姿はなかった。ルイが今日国に帰ることは特に通達していないはずだから、遠慮して隠れているというわけでもないだろう。

誰かの声も、物音もしない。まるで無人の廃屋のように、どこもかしこも沈黙だけが下りている。

……なんだかずいぶん薄暗いような気もするが、城とはこういうものなのだろうか。

ちらっと隣を歩くルイに目をやってみたが、彼はこの静寂をなんとも思っていないようで、今にも笑い出しそうな顔でさっさと建物内を進んでいく。ルイが不審に思わないのなら、やっぱりこれが常態なのだろうと、リーディアも気にしないことにした。

ルイは最初こちらにやって来た時と同じ、黒いマントを羽織っている。飾りも何もないさっぱりしたものだが、彼の国ではこれが正装なのだそうだ。

「だって俺の心積もりとしては、念願叶ってようやく自分の婚約者を迎えにきたつもりだったから。そりゃもう、期待に胸を膨らませてドキドキだったんだよ」

「まあ、わたくしとまったく同じですね」

「リーディアが期待してたのは俺とぜんぜん違ったけどね！　最初から悪い印象を与えないよう、なるべく友好的にいこうと、愛想よく挨拶もしたのにさ」

あの「どうもどうも」という軽い挨拶がそうであったらしい。

しかしルイにしてみれば、ここに来た時から、何もかもが想定外のことばかりであっただろう。

彼は「もう絶対に仕事の報酬を後に回したりしない。話がややこしくなるだけだ」という今後における商売方針を立て、一族にも周知していくつもりだという。

「ところでリーディアは、本当にその恰好《かっこう》でいいの？」

訊ねられて、リーディアは自分の姿を見下ろした。着ているのは、最初にルイを迎えた時の白いドレスである。

他に持っていく荷物はない。リーディアは身一つで、あちらに嫁入りするのだ。

「変でしょうか」

「変じゃないけど、嫌じゃない？　だってそれ、死に装束のつもりだったんでしょ？」

「ルイさまにこの身を捧《ささ》げるという気持ちと、立てた誓いは変わりませんから」

「あ、うん、そう……」

ルイは耳を赤くして、もごもごと呟くように言った。尻尾がぶんぶんと勢いよく振られている。

可愛い。

「じゃあ今度こそ、『そういう意味のアレ』だね」

「はい、『そういう意味のアレ』です！」

元気に答えて、二人で声を合わせて笑った。

長い階段を下り、重い扉を開けて地下室の中へと入る。

召喚陣は、ルイが来た時と同じように淡く光り輝いていた。この向こうに彼の国があるのかと思うと、それだけで気持ちが上擦ってくる。

この先への期待と、喜びと、希望とで、胸がはちきれそうだ。

――そこに、リーディアの「未来」がある。

「じゃあ、行こうか」

握られた手に、ぐっと力がこもる。

ルイの言葉に微笑んで頷《うなず》き、リーディアはそちらに向かって足を踏み出した。

が、その時、ドタドタという喧《やかま》しい音とともに、誰かが乱暴に扉を開け中に飛び込んできた。

「まあ、国王陛下」

リーディアはびっくりして、急いで腰を落とした。

少し見ない間に、国王はずいぶんげっそりと窶《やつ》れてしまっていた。顔色がよくないし、目の下には真っ黒なクマがある。顔は汗びっしょりで、着ているものも豪華ではあるがあちこち乱れてよれよれだ。

一度しか会ったことのない国王だが、こんなにも髪の毛の少ない方だったかしら？　とリーディアは寂しげなまでに薄くなったその頭部を見つめた。以前の姿を思い出そうとしたものの、残念ながらちっとも記憶に残っていない。

「どっ、どういうことだ！」

「どういうこと、とは？」

リーディアは問い返したが、その声も耳に入っているか判らない。王は慌てふためき、すっかり取り乱していた。

「影蜘蛛が急に増えたぞ！」

その目はリーディアを飛び越えて、ルイのほうに向かっている。

振り返ると、彼は無言で薄く笑っているだけだった。

「一部の者は怯えて城から逃げてしまった！　残った者も皆、生気を吸われてやる気が出ないと……どこかで暴れる者があっても、兵はそれを取り押さえることもしない！　使用人に至っては、私たちの朝食を用意することも拒否する有様だ！　これでは生活していくこともままならん！」

「まあ、そんなことに……」

リーディアは頰に手を当てた。

城内はかなり混乱しているようだが、国王自身が何よりもこの事態に混乱しきっているように見える。

「なんとかしてくれ！　そなたなら、影蜘蛛をすべて始末できるのだろう!?」

王は悲鳴を上げるようにルイに向かって懇願したが、彼は「依頼はもう受け付けないと言ったよ」とにべもなかった。

すげなく断られた王は、そんな、そんなと青い顔で呻いて、リーディアに縋《すが》るような目を向けた。

「リ、リーディア、そなたからも頼んでくれ。そなたの言葉なら、あの魔物も聞き入れるであろう？」

そう言われて、リーディアは困ってしまった。

「そうおっしゃいましても……お仕事を受ける受けないは、ルイさまがご判断されることなので、わたくしが口を出すようなことではございません」

「そう言わずに頼む！　私が謝ればいいのか!?　そうすれば許してくれるのか!?」

「許す？　わたくしがですか。何をでしょう？」

首を傾げて問うと、国王は絶句した。

そこでリーディアはパッと閃《ひらめ》いた。消すことはできなくとも、影蜘蛛に対する自衛の方法を、自分はルイから教わっている。それを伝えれば解決する話ではないか。

「ご安心ください、陛下。影蜘蛛は、人の暗い心に引き寄せられるのだそうです。負の感情を失《な》くし、王妃殿下やお子さまがたの愛し愛される方々と一緒に、毎日仲良くして明るく笑っていらっしゃれば、取り憑《つ》かれたりすることはございませんわ」

ルイが「そりゃ無理だ」と呟いて、小さく噴き出した。

王は啞然《あぜん》と口を開けて「そ……」と言ったきり言葉を発しない。少ししてハッとしたように、再び喚《わめ》き立てた。

「そ、そうだ！　王妃はそなたの実の母親だ！　ここにはそなたの兄弟姉妹もいるのだぞ！　そなたの弟妹はまだ幼い。あれらにはなんの罪もないのだから、助けてくれてもいいではないか!?　小さな子どもにまで復讐《ふくしゅう》するつもりか！　そなたは王族としての誇りも責任も捨ててしまったのか!?」

「どの口がそんなことを」

ルイは苛立たしそうに低い声で吐き捨てたが、リーディアは目を瞬いただけだった。

復讐とはなんのことだろうか。いや、そんなことよりも、今ものすごくおかしなことを聞いた。

「陛下」

「頷いてくれるか！」

いいえ、と首を振り、リーディアは柔らかく微笑んで、諭すように静かに言った。

「わたくしに、親きょうだいはおりません。そしてわたくしは、王族でもございません。捨てるも何も、誇りも責任も最初から持っておりません。生贄として生まれたわたくしにあるのは、はじめから、ただこの身だけでございます。わたくしはそのように育てられたのですから。……我が身をもって五十年前の約束を果たし、わたくしは本当に『幸福』でございます」

王は口を半開きにしたまま、固まってしまった。

ルイが笑い出す。

「無関心には無関心を。これがリーディアへの仕打ちに対する最大の報いだ、ローザ・ラーザ国王。

——こういうのを、自業自得と言うんだよ」

そう言って、くるっと踵《きびす》を返し、足を再び動かそうとした、その瞬間。

リーディアのすぐ傍らを、何かが横切っていった。

速すぎて、それが何であるか見て取ることはできなかった。シュッという空気を切るかすかな音を耳で拾い、そちらに顔を向けてみたら——

ルイの背中に、どこからか飛んできたナイフが突き刺さっていた。

「……っ」

動きを止めたルイが大きく目を見開き、がくんと片膝を折る。

リーディアは短い悲鳴を上げた。

「ルイさま!?」

「くそ……なんだこれ」

ルイは背中に深々と刺さったナイフの柄を見やり、忌々しそうに表情を歪《ゆが》めた。じわじわと黒いマントが濡《ぬ》れていくのを目にして、リーディアは息を呑んだ。

これは、血だ。

立ち上がろうとしても、力が入らないらしい。ルイは体勢を崩して床に手をつき、傾いていく身体を必死に持ち直そうとしていた。

食いしばった歯の間からは呻き声が漏れ、額にはびっしりと汗の玉が浮かんでいる。

「ル、ルイさま、動かないでくださいまし。今、このナイフを――」

リーディアはぶるぶる震える全身を叱咤して両膝をつき、ルイの背に刺さったナイフに手を伸ばした。

衝撃と混乱で、一向に頭が廻らない。とにかくルイの苦悶《くもん》の原因となっているものを、一刻も早く排除しなければという切羽詰まった考えしか浮かばなかった。

「おっと、それはやめたほうがいい」

後ろから新たな声がかけられ、ビクッと指の動きが止まる。

「下手に抜くと、失血死まで一直線だ。自分の手でそいつを殺したくなけりゃ、余計な真似はしないことですよ――お嬢さん」

開け放たれたままの扉の陰からゆっくりと姿を現したのは、エドモンドだった。

以前に会った時のような料理人の姿ではない。いや、服装だけではなく、彼はその雰囲気も、顔つきも、口元に浮かぶ薄笑いも、なんの感情もない焦げ茶の目も、どこからどこまでも前とは違っていた。

そこにいるのは、あの時の少しおっちょこちょいな料理人見習いの「エドモンド」ではなかった。

「な……なぜですか。どうして、こんなことを?」

失血死という言葉に真っ青になり、リーディアは声を絞り出した。

本当に判らなかった。なぜ彼がこんなことをするのか。どうしてルイが傷つけられなければならないのか。

「これも仕事なんでね」

「し、仕事……?」

あっさりと答える彼の顔に、罪悪感はまったくない。

「食用の鶏を絞め殺すのを仕事とする人間もいれば、人を殺すのを仕事にする人間も世の中にはいるということですよ、箱入りのお嬢さん」

別に俺は人を食べるわけじゃないが、と付け加えて少し笑う。

「ま、今回はいつもと多少勝手が違ったがね……影蜘蛛とは別の生き物だというなら、物理攻撃が通用するんじゃないかと思ったんだ。口から入る毒は効かなかったようだが、直接体内に注入される場合はどうかな。なるほど、ナイフ一本で倒せるとしたら、確かに『魔物』ではないということになるか」

そう言って唇を上げるさまは、どこか満足げですらある。リーディアは眩暈《めまい》がした。

彼の目は、まるで何かの実験をしているかのようで、好奇心はあっても、それ以外のものは見当たらない。ルイの生命が削られていく過程を、淡々と見定めようとしている。

人の生死を、その程度にしか考えていない。

リーディアはこの時、生まれてはじめて心の底から恐怖を抱いた。

そして芯から痛感した。生命とは、人生とは、決してそのように軽く扱ってはならないものだ。

「ちくしょ……油断した……」

すぐ近くで聞こえる低い声に、はっとする。

「ルイさま！」

涙声で呼びかけて縋りつき、顔を覗き込むと、ルイは血の気のない顔で歯嚙《はが》みをしていた。

「刃に毒まで塗ってあるのか……以前のよりも、強い……だめだ、痺《しび》れてきた……」

その言葉どおり、床についた彼の手がぐらぐらと揺れ始めている。ぼたぼたと滴る大量の汗の粒が、下の石に染みを作った。

「くそ、意識が保てない……この状態で術を使えば、俺に返ってくる……リーディアにも、危険が……」

小さな声で呟く言葉も途切れがちで、リーディアにはほとんど聞き取れなかった。

「よし、よくやった！」

地下室内に笑い声が響き渡る。

この場面で、国王だけは喜色満面だった。安堵と嬉《うれ》しさを隠しもしない顔で、エドモンドを褒め、先刻小さくなっていたのが嘘《うそ》のように自信たっぷりに胸を張る。

「今のうちに二人を捕らえるのだ！　リーディアを人質にして、そやつに影蜘蛛を一掃させる！　あの魔物は死にはせんだろうな!?」

「大丈夫と思いますがね。毒といっても、麻痺《まひ》系のものですし。ナイフも致命傷にはならない位置に当てましたよ」

「うむ、でかした！　そやつには、影蜘蛛を片付けさせるまでは生きていてもらわねばならんからな！　今のうちに鎖で拘束してしまえ！」

「なんてことを……」

身勝手な上に惨《むご》いことを笑いながら命じる国王に、リーディアは震える両手を強く握り合わせた。

それにこの言い方では、影蜘蛛を消させた後、ルイに何をするか判らない。

どうすれば――

進退窮まったリーディアは懸命に考えたが、ちっとも打開案が浮かばなかった。自分が非力であることは、嫌というほど承知している。国王とエドモンドを倒し、手負いのルイを運んで脱出するなんて、不可能としか思えない。

エドモンドが部屋の中に入ってきた。こちらに向かって足を踏み出す。

リーディアは咄嗟《とっさ》に、ルイを庇《かば》うようにして身体の上に覆い被さった。

「……リーディア」

その時、かすかな声が聞こえた。小さな小さな声、国王たちには絶対に届かない音量で。

「――……」

囁かれた内容に、驚いて彼の顔を見返す。

ルイが汗にまみれた顔をわずかに動かして頷いた。自由の利かなくなってきた手をなんとか動かして、耳元まで持っていく。

「で、でも……」

「大丈夫、君ならやれるよ。こいつはね……昔から、祓い屋一族に伝わる、不思議な道具、なんだ……普通は、能力を持ったやつにしか、使いこなせない……けど、君なら、大丈夫……リーディアは、誰より無垢《むく》で、心が綺麗《きれい》、だから……味方してくれる……こいつはきっと、君の言うことを聞く」

躊躇《ちゅうちょ》するリーディアに、ルイは切れ切れの言葉で背中を押した。顔はしかめられたままだが、迷いのない視線がこちらに向かってくる。

そっと掌の上に置かれた黒水晶を、リーディアはぎゅっと握った。

ルイを見返して、一つ頷く。

そして気力を振り絞り、足に力を入れ、すっくと立ち上がった。

決意をたたえた表情で国王とエドモンドに向き直り、リーディアは拳にした手をまっすぐ前方に突き出した。

「……なんのつもりだ?」

少し意外そうな顔をしたものの、彼らの目には明らかな侮りがあった。彼らにとって、リーディアは生贄として育てられた無力な娘でしかないからだろう。

死ぬために生まれてきた、他には何もない娘だと。

……以前はそうだった。でも、今は違う。

リーディアはゆっくりと手を開いた。

「どうかお願い、わたくしに力を貸して」

それに応えるように、掌に載せた黒水晶がぼうっと発光した。

横に置かれた長細い結晶が、まるで意思を持ったかのごとく、ふわりと身を立て、起き上がる。

リーディアは大きく息を吸って、黒水晶を高々と押し戴《いただ》き、声を張った。

「――迷える魂、ここに集え！」

その瞬間、黒水晶が激しい輝きを放った。鮮烈な青白い閃光《せんこう》が、まるで稲妻のように暗闇に亀裂を入れる。

あまりの眩《まばゆ》さに国王が悲鳴を上げて目を背けた。

パンッ！　という音とともに黒水晶が砕け散り、その光がふっつりと消失する。

同時に、すべての照明が消えた。闇が充満する中、召喚陣が発する淡い光だけが周囲をぼんやりと浮かび上がらせる。

国王が「な、なんだ!?」と驚いた声を上げ、エドモンドは動きを止めて、慎重に周囲を睥睨《へいげい》した。

しばらくは何も起こらなかった。それで気を緩めたエドモンドは再び足を動かそうとし、一瞬後、違和感を覚えて止まった。

なんだかおかしい。さっきと比べ、室内の空気が違う。圧迫感があって、妙に息苦しい。

それに、周囲がこれまでよりもずっと深い闇色に染まっている、ような……？

そこで、彼は気づいた。

暗がりにまぎれ、床に、壁に、そして天井に、もぞもぞと蠢く「何か」がいることに。

「ひっ！」

王がぎょっとして目を剝き、エドモンドの顔つきも強張ったものになる。

いつの間にか、地下室の中には、無数の影蜘蛛がはびこっていた。

ざわざわ、ざわざわと、おびただしい量の脚の影が、そこにいる人間全員を取り囲んでいる。

闇の部分を占めているのがほとんど影蜘蛛の黒だと気づき、国王は泡を噴きそうになっていた。

「死霊の数が多い場合はね……こうやって、一つの場所に集めて、一気に祓うんだ……今はもちろん、そんな気はないけど……」

ふらふらとルイが上体を起こす。リーディアはすぐさま手を出して、しっかりと彼を支えた。

リーディアの求めに応じて集結した大量の影蜘蛛は、あっという間に部屋中を埋め尽くした。もはや足の踏み場もない。

四方を囲まれた国王たちは、焦ってこの場から逃げようとしていた。しかしその足にも、じわじわと影蜘蛛が這い上ってくる。

自分の膝から下が黒く染まり、もぞもぞ動く複数の脚が胸に、腕に、顔にと向かって伸びてくるのを見て、さすがにエドモンドが狼狽《ろうばい》し、叫び声を上げた。

「くそっ！　離れろ――やめろ！」

しかしその足はもう前へと進むこともできない。どこからか取り出した別のナイフを闇雲に振り回したが、もちろんそれはなんの役に立たなかった。

その腕さえも影蜘蛛に支配され、糸に搦《から》め捕《と》られたように動きを止めてしまう。

すっぽりと首から下が影蜘蛛に呑み込まれると、エドモンドはいきなり苦しみ始めた。何もない宙に視線を据え、恐怖に引き攣った顔になる。

「いやだ、いやだ……やめてくれ……！　俺にそんなものを見せるな！」

激しく首を振り、彼にしか見えない幻に向かって訴えている。

王はその場にへたり込み、ぽかんと口を開けていた。白目を剝いているから、その恰好のまま失神しているのかもしれない。

リーディアはもう彼らのほうを見なかった。ルイに肩を貸し、足を踏ん張る。淡い光を発している召喚陣には、なぜか影蜘蛛たちは近寄ろうとしなかった。

床を覆い尽くした影蜘蛛は、リーディアが「お願い、どいて」と頼むと、もぞもぞと動いて道を空けてくれた。さあっと石の床が見え、召喚陣までの道ができる。

苦しげに呼吸を乱しながら、ルイはそれを見て啞然とした。

「……もしかして、俺の嫁って、とんでもなく凄《すご》い人なんじゃない……？」

ぶつぶつと呟いている。

リーディアは影蜘蛛が空けてくれた道を、歯を食いしばりながら一歩一歩進んだ。ルイの足にはもうほとんど力が入っておらず、半分以上彼を引きずるようにして歩いた。息が苦しい。リーディアの手も白いドレスも血で真っ赤に染まり、顔にはびっしょりと汗が噴き出していた。

「ルイさま、頑張って！　もう少しですから！　なんとしても生きるんです、生きるんですよ！」

そこにはもう、死ぬことだけを考えていた娘はいない。

二人はなんとか召喚陣に辿《たど》り着いた。

勢いよく倒れ込むようにして、ルイがその真ん中に両手をつく。乱れた息の合間、掠れた声で
「……リーディア、陣の上に乗って」と促した。

「──祓い屋一族、長《おさ》の息子『誄《るい》』の名において、次元の道を開ける。我が故郷カラの国へと繋《つな》げ。今、妻となる者を連れて帰還する……！」

ルイが一気にそう唱えると同時に、召喚陣から黒い闇が湧き始めた。

細い筋のような闇が太くなり、次第にうねるような渦となって二人を取り巻いていく。

かろうじて意識を取り戻した王が血相を変えて何かを喚いていたが、もうリーディアの耳には届かなかった。

周囲が闇に覆い尽くされる。

ローザ・ラーザの王城地下室も、影蜘蛛も、国王も、エドモンドも、すべてがリーディアの視界

から完全に消えた。

眩《まぶ》しい光が射《さ》し込んだ。

最初、リーディアの目に入ったのは、ぐにゃりと歪んだ景色だった。

次第にそれが、きちんと定まってきた。ぼやけていた周囲が、だんだんと明確になってくる。

そこは遮蔽物も何もない、ずいぶん広々とした野原のような場所だった。はるか向こうにある地平線がなだらかな曲線を描いている。頭上一面に広がる空は澄んだ青だが、ところどころが虹色に輝くという不思議な色彩をしていた。

呆《ほう》けていたのはわずかな間で、すぐにリーディアは我に返った。

ぱっと傍らに目を向けると、そこにはルイが力なく倒れている。

明るい場所で見れば、黒いマントが血に染まっているのがはっきりと見えた。今も、地面に少しずつ、どす黒いような赤が侵食しつつある。

嫌な予感で全身が冷えた。足元から震えがのぼる。

ルイはうつ伏せになったままぴくりとも動かない。顔も見えない。声も聞こえなかった。息遣いすら——

「ルイさま、ルイさま！　しっかりしてください！」

リーディアは彼をかき抱いて、必死に大声を出した。

その声が聞こえたのか、前方の遠く離れた場所に、人影がひょっこりと現れた。

リーディアはその誰かに向かって、張り裂けんばかりの声で叫んだ。

「助けて！　お願いです、助けてください！　どうかルイさまを！」

人影は一瞬止まってから、すぐさまこちらに向かって駆け出してきた。それを確認し、涙で滲んだ目をルイに向ける。

「ルイさま、今、助けが来ますから！　もう大丈夫、大丈夫ですからね！」

リーディアはルイの手を力強く握った。

決して諦めない。

——これからも、二人で生きていくのだ。

エピローグ

　ルイは一族の人々によって治療され、事なきを得た。

　しかし二人の結婚式はしばらく延期になった。寝床から出られず、当面の間は絶対安静を言い渡されたのだから、当然である。

　ルイはそのことが大いに不満だったようで、起きられるようになったら式を挙げる、と言い張って聞かなかった。

　父に叱られ、母に窘《たしな》められ、祖父に呆《あき》れられてもなお、周りの説得に耳を貸さない。

　普段なんでもそつなくこなすタイプであるだけに、最後の最後でしでかした自分の失態が許せない、というのもあるのだろう。彼にしては珍しいほどに頑《かたく》なな態度だった。

「早くリーディアを俺の奥さんにしたいんだよ。大丈夫だって、これくらいの傷――」

「ルイさま、無茶をしないでくださいまし。わたくしはもう、あのような恐ろしい思いは二度と嫌です。式は全快してからでも遅くはありません。皆さまも、ルイさまをご心配なさっているのですよ」

　目に涙を滲《にじ》ませたリーディアが懇願すると、さすがにそれはこたえたらしい。ルイは尻尾をしおしおと垂らして反省し、周りにも謝罪をした上で、ようやく式の延期を受け入れた。

そしてその反動からか、それ以降、やたら甘えてくるようになった。

食事は毎回リーディアに食べさせてもらってご満悦。ほぼ一日中寝床の傍《そば》にリーディアを置いて、着替えの手伝いを頼み、べったりくっつき、口づけをねだり、時々傷が痛むと言っては頭を撫《な》でてもらいたがる。

一族の人々は皆、引いていた。

「おまえさ……祓《はら》い屋一族の信条をちゃんと覚えてるか？」

ルイの父はがっしりとした体格の男性で、ルイと同じ黒髪黒目だったが、尻尾は生えていなかった。それは母親の血筋らしい。

顔の下半分がもじゃもじゃとした髭《ひげ》に覆われ、背が高く、腕の太さも身体《からだ》の横幅もリーディアの数倍はあろうかというくらい大柄で、非常に磊落《らいらく》な人だ。

自分の息子に対して絶大な信頼を寄せているというその父親が、現在のルイを見る目は、かなり生温かかった。

「もちろん」

「ちょっと言ってみな」

「独立独歩。働かざる者食うべからず。他者とは常に対等であれ。誰かから何かを得るなら自分の何かを差し出し、何かを出したからには引き換えに対価を得る。仕事には誇りを持ち、労働に見合った分の報酬は必ず貰《もら》う」

父の問いに淀《よど》みなく答えながら、ルイはリーディアの手を握り、すりすりと自分の頬に押し当てている。

「お、おう、傷の後遺症で頭のネジが二、三本外れたかと思ったら、意外とまともだったな……いや、まともでこの状態なのが、逆に怖い」

「リーディアから貰った愛情は二倍の愛情にして返すし、傷が治ったらリーディアの献身は十倍の献身にして尽くすつもりだから問題ないだろ？」

「大ありだよ。今のおまえ、相当に鬱陶しいぞ」

「リーディアはもう実質、俺のお嫁さんだから、ちょっとくらいいいでしょ」

「ちょっとじゃねえ」

「俺さ、最近気づいたんだけど、リーディアに振り回されるとゾクゾクした快感を覚えるんだよね」

「うん、変態だ」

「なんかもう、これから一年くらいこういう感じでもいい。式を挙げたら、どこか人のいない世界に行って、しばらく二人きりで暮らしたい」

「くそ重い野郎だな！　リーディアちゃん、こんな息子で悪いね」

「わたくしも心から同感です」

「こっちも相当だった！」

というわけで、「この二人の間に入ろうとすると馬鹿を見る」と周囲から少々放置気味に見守られながら、リーディアとルイはカラの国で仲睦《むつ》まじく暮らしている。

ルイの母は小柄だがいつも元気な人で、リーディアにこちらの国のことをいろいろと教えてくれた。彼女の尻尾はルイのよりも少し細い。

一連の事情を聞いて、「俺が悪かった」とリーディアに深々と頭を下げた祖父は、厳しそうな顔なのに笑うとルイにそっくりだ。

カラの国はとても不思議な場所で、とても美しいところでもある。

リーディアが知っているのはローザ・ラーザのごくごく一部だが、それでも、着ているものも、風習も、生活様式も、あらゆることが今までとは違った。リーディアでも当初は戸惑うことが多かったから、別の世界でずっと普通に暮らしていた人には、確かに慣れるまで時間がかかるかもしれない。

しかし、怖いとはまったく思わなかった。

それに、一人ずつ変わった外見をしている住人たちは皆、ルイ同様に優しく、働き者で、仲間意識の強い人たちばかりだった。

なにより彼らは、自分の心と感情に正直だ。楽しい時には豪快に笑い、悲しい時にはわんわん泣き、怒る時には顔を真っ赤にして憤る。

ローザ・ラーザ王国におけるリーディアの境遇を聞いた時には、全員がカンカンになって国王を罵り、どうやって報復するかを相談し始めたので、宥《なだ》めるのが大変だった。

彼らはいつも「リーディア」と明るい声で呼びかけ、リーディアも彼らの名を呼ぶ。住人はさほど多くないので、一月も経《た》つと、全員の名を覚えてしまった。

そしてそれくらいになると、リーディアはすっかりここでの暮らしに馴染《なじ》んでいた。知らないことが多い分、吸収するのも早かったのだ。

これからは、ここが自分の故郷となる。

リーディアはそれが嬉《うれ》しくてたまらない。


——そして、ようやくルイの傷が癒えてきた頃。

ローザ・ラーザの王族が城を離れた、という話を聞いた。

もうあちらからの依頼に応じることはないが、その後あの国がどうなったのか興味を抱いた一族の人が、仕事のついでに見てきてくれたのだという。

大量の影蜘蛛《かげぐも》が入り込むようになった広大な王城は、すっかり人の住める環境ではなくなり、使用人たちも兵もこぞって逃げ出して、完全に機能が停止してしまったらしい。

王族は別のところに避難して、新たな城を建築することを検討しているが、なかなか場所と資金の目途がつかず、難渋しているようだ。

だがその話を聞かされても、リーディアの心は何も動かなかった。

怒りも恨みもないが、同情する気にもなれない。困っているのは王族くらいで、国民のほうは特に支障ないということに対して、よかったと思うくらいだ。

あそこはかつて、自分が「生贄姫《いけにえ》」と呼ばれていただけの場所であり、それ以上でも以下でもない。

「ま、俺の先祖が口出ししていなきゃ、数百年前にはそうなっていたことだしね。あの地はそもそも、人が住めるようなところじゃないんだから」

と、ルイも肩を竦《すく》めただけだった。

そのしばらく後、完治したルイとリーディアは、カラの国で結婚式を挙げた。

式の夜、ルイに無事「食べられ」て、リーディアは今、とても幸せな日々を過ごしている。

番外編一　新しい約束の日

ローザ・ラーザ王国から召喚陣を通ってカラの国に到着した時、ルイは完全に意識を失っていた。

リーディアの助けを求める声で駆けつけた男性は、彼の傷の状態をざっと検分すると、すぐさま肩に担ぎ上げ、とある建物へと運んだ。

石造りの堅固な建物は、ローザ・ラーザの城と違い、余計な装飾は一切ない素朴なものだった。四角形の箱をいくつも無造作に組み立てたような、不可思議な形状をしている。

周りにぽつぽつと点在しているのも同じような建築物ばかりなので、これがこちらの一般的な住居なのだろう。

ルイが運ばれたのは、それらのうちで最も規模が大きい屋敷だった。門をくぐると、多くの植物があちこちに植えられた広い庭があり、その向こうに赤く塗られた扉が見える。

そこから出てきた大柄で髭《ひげ》のある男性は、マントを血で染めてぐったりしているルイを見て驚いた表情になり、急いで中へと招き入れた。

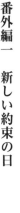

リーディアは胸が潰れるような思いをしながら、青い顔でぴくりとも動かないルイの傍《そば》に張り付いていたが、彼はそのまま屋敷内の一室に運び込まれてしまった。

治療の場面なんて若い娘さんが見るもんじゃないからと、リーディアはその部屋に入れてもらえなかった。なすすべもなく立ち尽くすリーディアの前を、様々な人がバタバタと慌ただしく駆け回る。

　水を張った盥《たらい》を抱えた女性が、「あなたも休んでいなさい」と労《いた》わるように言ってくれたが、リーディアは弱々しく首を横に振り、両手を組み合わせて懇願した。

「邪魔はいたしませんから、せめてここにいさせてください」

「……そう」

　女性は目を細めて、優しげな声でそう言うと、扉を開けて中に入っていった。

　ルイそっくりな尻尾が、まるで元気づけるように、リーディアの手にするりと軽く触れた。


　二時間ほどが経《た》った頃、がちゃりと音を立てて扉が開き、最初に屋敷から出てきた大柄な男性が外に出てきた。

　部屋の前でじっと立っていたリーディアを見て、「お」と少し驚いたように目を瞠《みは》る。

　それから申し訳なさそうに眉を下げ、顔の下半分を覆う髭をわしわしと揉《も》むような仕草をした。

「ずっとここにいたのかね、お嬢さん。疲れただろう、せめて座って待っていればよかったのに。どいつもこいつも気が利かなくて悪いねえ」

　その言葉に、リーディアはもう一度首を横に振った。部屋を出入りする人たちからは、何度も

「座っていたら」「何か飲んだら」と代わる代わる声をかけられていたのだが、それに肯《うべな》わなかったのは自分のほうだ。

「あの……治療のほうは」

「ああ、大体のところは終わったよ。なあに、そう心配しなくても、命に別状はないから大丈夫。よほど幸運だったのか、それとも敵が手練《てだ》れだったのか、絶妙な場所にナイフが刺さっとったからね。あれならしばらく大人しくしていれば、後遺症も残らんさ」

その返事に、ようやくリーディアの全身から力が抜けた。思わずへたりこんでしまいそうになったが、「――ただ」と続けられた言葉に、再び緊張する。

「毒のほうが、ちと厄介でね。あそこまで強いやつだと、完全に抜けきるまで時間がかかる。俺たち一族は毒に耐性がある分、薬も効きにくいもんだから、大量に使わんといかん。そんなわけで、当分の間、目は覚めないだろうなあ」

「と、当分の間、といいますと」

「二日か三日――ことによると、もう少しかかるかもな。ああ、いやいや、そう不安になるこたあない。その顔色、お嬢さんのほうが倒れそうだ。俺の息子はああ見えてしぶといし頑丈だからね、腹が減ったら起きるだろうよ」

慌てて手を振る男性は、ルイを「息子」と言った。

では、この人がルイの父親ということか。あの離れを出る時、彼の両親とはじめて会う時はどんな挨拶をすればいいのだろうかとドキドキしながら考えていたことを思い出し、リーディアは胸が苦しくなった。

まさかこんな初対面になるとは、予想もしていなかった。

「は――はじめまして。わたくし、リーディアと申します」

塞がりそうになる喉から無理やり震える声を引っ張り出し、ローザ・ラーザ国王に対してしたようにドレスを摘《つ》まんで、腰を落とす。

ああ……この白いドレスも、すっかり血で染まってしまった。

「うん、リーディアちゃんだな。俺はレン、このカラの国の長《おさ》をしてる。こんな形になってしまって悪いねえ。いや、必ず嫁を連れ帰って来いよとルイを送り出したものの、実を言えば上手《うま》くいくかどうかは半々だろうと思っていたんだ。それが、こんな可愛《かわい》い子が来てくれるとは、正直、驚いてるよ」

大げさに両手を広げ、レンははっはと明るく笑った。

が、リーディアが下を向き、唇をぐっと引き結んだのを見て、その笑いを困ったような微笑に変えた。

ゆっくりと屈《かが》み込み、リーディアの顔を覗《のぞ》き込む。

「……あちらで何があったのか、聞かせてもらってもいいかい？」

決してこちらを責めてはいない、静かな声で問いかけられた。

こくりと頷《うなず》いた拍子に、リーディアの目から涙が一粒こぼれ落ちた。

別の部屋に移動してから、向かい合って座ったリーディアの話を一通り聞いて、レンはしばらく絶句していた。

「――なんとまあ」

はっと我に返ると、すぐに表情を厳しく引き締め、姿勢を正して頭を下げる。

「十七年……そんなにも長い間、君に苦難を強いることになったのは、きちんと契約内容を書面に残さなかった親父《おやじ》、いや我々の責任だ。本当に、申し訳なかった。祓《はら》い屋一族の長として、謝罪する」

その固い顔つきだけでなく、声も口調も別人のようだった。さっきまではルイの父親として、今はカラの国の長として、ということなのだろう。

「いいえ、そんなことはよろしいのです」

リーディアは組んだ両手に力を込め、そう返した。

五十年前に起きた出来事を発端としたすれ違いの責任が誰にあるかなんて、本当にどうでもいい。

リーディアは誰に対してもそんなものを求めるつもりはなかった。

むしろそれが理由でルイに出会えたのだから、生贄《いけにえ》として育てられたのが自分でよかったとさえ思っている。

昔交わした約束のとおり、ルイはリーディアを迎えに来てくれた。

「それよりも、わたくしのほうこそ謝罪しなければいけません」

「ん？　何に？」

「申し上げましたとおり、ルイさまの怪我《けが》の原因は」

「ああ、ローザ・ラーザ国王の暴走ということだね。いや、それこそ君が責任を感じることはないよ。ルイの野郎が油断したんだ。おおかた、浮かれていたんだろう。祓い屋としての実力は飛び抜けているんだが、なにしろまだ若いからな」

「いいえ。おそらく――きっと、わたくしの対応が間違っていたのです」

未《いま》だにリーディアは、ローザ・ラーザ国王のとった行動がよく判《わか》らない。

なぜ、あんな乱暴な手段を取らなければならなかったのか。影蜘蛛《かげぐも》退治の依頼を断られたとはいえ、そこから一気に段階を飛ばして、ルイを害そうとする必要は果たしてあったのか。

判らない。判らないことが、悔しいと思う。生まれてからずっと人と関わらず育ったリーディアには、人の心の細かな機微というものが理解できない。だからこのような結果を引き起こすことになった。

リーディアがもっとちゃんとした人間だったなら、今の事態は防げたはずだ。

ローザ・ラーザ国王の頼みに、違う答えを返していれば。いやそもそも、エドモンドが離れに来た時に違和感を覚えていれば。せめてナイフがルイの背中に刺さった時に、きちんと処置の仕方を知っていれば。

これほど、自分の無知を腹立たしく、情けなく思ったことはない。

「ルイさまが危ない目に遭ったのは、わたくしのせいです。……申し訳ございません」

顔を伏せたら、じわりと滲《にじ》んだ涙で視界がぼやけた。腿《もも》の上で強く握り合わせた両手が歪《ゆが》んで見える。

「うーん……」

レンは少し苦笑して腕を組み、首を傾《かし》げた。

「まあ、ここで互いに頭を下げ合っていても埒《らち》が明かない。君のその意見には思うことが大いにあるが、それを口に出すのは俺の役目じゃなさそうだ。……とりあえず、ルイの顔を見に行くかい？それから着替えて、飲んで、食べて、休んでおきな。あいつが目を覚ました時、君が倒れていたら元も子もないだろう？」

「は、はい……！」

ルイの顔が見られると聞いて、リーディアは勢いよく立ち上がった。

＊＊＊

レンが言っていたとおり、ルイはそれから三日、目を覚まさなかった。

リーディアはその間、「ルイが連れ帰った婚約者」という立場で、彼の傍についていることが許された。屋敷の中に部屋が用意され、食べるものも、着るものも、こちらが困惑するくらいどっさりと与えられた。

尻尾のある女性はやはりルイの母親で、彼女は非常に気安く、そして陽気にリーディアに接してくれた。放っておくと朝から晩までルイが寝ている部屋で過ごすリーディアを外に連れ出しては、「お陽《ひ》さまを浴びないとダメよお。ほら！　今日の綺麗《きれい》な空は、リーディアちゃんの瞳の色をしてるわ！」と言う。さすが親子だけあって、台詞《せりふ》がルイとまったく同じだ。

レンから話を聞いたというルイの祖父は、さんざんリーディアに謝り倒してから、次から次へと果物や甘い菓子などを持ってきてくれた。こちらの食事は口に合うか、何が好きで何が嫌いか遠慮なく言ってくれ、としきりと気にしている。

リーディアは彼らの心遣いには感謝しながらも、空が綺麗だと思うことも、食べ物を美味《おい》しく感じることも、どちらも上手くできなかった。見慣れない景色はほとんど自分の目に入らず、胸の痛みと苦しさで何を口にしても味がよく判らない。

……せっかくルイのおかげでいろんなことが少しずつできるようになってきたのに、そのルイがいないと、人形のようだった頃の自分に逆戻りしてしまう。

ふう、とため息をついて、リーディアは顔を下に向けた。

ルイの母に庭へと引っ張り出されて、現在の自分の周りは多種多様な植物が取り囲んでいる。

この屋敷の庭は、ローザ・ラーザの王城でちらっと見た庭園のように美しく整えられているわけではなかったが、瑞々《みずみず》しく生き生きとした植物で溢《あふ》れかえっていた。緑の葉は陽の光を浴びて艶々と輝いており、ぐんと伸びた木はどれも元気いっぱいに枝を伸ばして、丸々とした実をつけている。

自由で、柔軟で、雄々しく勢いがあり、なぜか落ち着く。

ここが、ルイの育った場所。彼がいれば、ここでどのように過ごしたかを教えてもらえただろうか。

足元で色とりどりの花々が咲いているのを目にして、リーディアはルイにもらった可愛い花冠のことを頭に浮かべた。

あの花はすぐに萎《しお》れてしまったけれど、今もリーディアの心には鮮明に焼き付いている。冠は解《ほど》けて壊れても、あの時の喜びと切ないほどの感情の記憶は、決して消えたりはしない。

「一本だけ、分けてくださいね」

そう声をかけてから、リーディアは白い花弁が大きく開いたものを、そっと摘み取った。


ルイが寝ている部屋は、窓に薄い覆いがされているので、昼間でも薄暗い。

そのため、今もベッドに横たわる彼の顔色がどうなのか、はっきりとは見えなかった。しかし相変わらずその目は閉じられたまま、一向に起きる気配がない。

レンによれば、ルイが未だ目覚めないのは、傷と毒のためというより、痛め止めや解毒のための薬を大量に注入されたためなのだという。いわば「昏々《こんこん》と眠っている」という状態であるらしい。

水分だけは摂《と》らせているし、リーディアにはよく判らないが特殊な「術」もかけられているとのことで、とっくに危機は脱した、だからそう心配しなくても大丈夫、と何度も言われた。

それでもリーディアは確認せずにいられない。ルイがちゃんと呼吸をしているか、その心臓が動いているかを。

「……おかしなものですね、ルイさま。『生贄』として育てられて、いつも死を間近に感じていたわたくしが、こんなにも強く、誰かの生を望むだなんて」

ベッド脇の椅子に腰を下ろし、小さな声で話しかける。

リーディアは幼い頃少しの間だけ世話係をしていたアンナを除けば、誰にも特別な感情を抱いたことはなかった。そのように育てられた、というのもあるが、そんなものを持つことを、自らが放棄していたからだ。

ひたすら、いつかやって来るはずの死を待つだけ。自分の人生に、意義を感じたことなどなかった。

ルイに会わなければ……いや、きっと、あの召喚陣から現れたのがルイでなければ、リーディアがここまで変わることはなかっただろう。

「ルイさま――そろそろ起きてくださいまし」

　持っていた花をルイの手の上に乗せて、そのまま自分の掌《てのひら》で包み込んだ。

「影とともにいらしたルイさまは、わたくしにとっては光そのものなのです。光がなくては暗すぎて、わたくしはどちらへ向かっていいのかも判らなくなってしまいます」

　ただでさえリーディアは、ようやく自分の両足で立ち上がったところなのに。

「本当に、子どものようですね。でももう少しだけ、わたくしの手を握って、引っ張っていってくださいまし。もっとちゃんと歩けるようになりましたら、いつかきっとルイさまの隣で、同じ歩幅で、一緒に進んでいきますから」

　けれど今、リーディアがなによりもいちばんに願うのは。

　その目を開けて、こちらを見てほしい。

　どうか、優しい声を聞かせて。リーディアと名を呼んで。さあおいで、と手を差し伸べて。いつものように笑って。

　この暗闇に、光を灯《とも》して。

「……寂しいのです。どれだけ皆さまが親切にしてくださっても、ルイさまがいないと心が満たされないのです。あの離れで過ごしていた時よりもずっと、一人きりのような気がします」

　ルイの両親にも、祖父にも、良くしてくれる他の人たちにも、申し訳ないとは思うけれど、どうしても埋められないものがある。

喜びも楽しみも知らなかったリーディアは、ルイにそれを教わると同時に、悲しみや怖《おそ》れも知ってしまった。

大事な人が傷つくのはつらい。そこにいるのに自分を見てくれないのは苦しい。失うかもしれないと思うのは、どんなことより恐ろしい。

けれども、それらを含めて「生きる」ということなのだったら、リーディアはそこから逃げたくない。

ぴくりと、自分の掌の下の長い指がわずかに動いた。

「わたくしはもっとたくさんのことを知りたい。でも、あの小さな箱から出たばかりのわたくしは臆病で、弱々しくて、ルイさまがいないと頑張れそうにありません。早く目を覚まして、わたくしを叱ってくださいまし」

リーディアはルイの顔に、自分の顔を寄せた。

伏せられた睫《まつげ》毛が小さく震えたが、それには気づかないふりをして、形の良い鼻のてっぺんに、触れるくらいの口づけを落とす。

「好きです、ルイさま。大好きです。恋と愛の違いもまだよく判らないわたくしには、この気持ちをどう伝えていいのかも知りません。どうか教えていただけませんか」

薄暗い部屋の中でもルイの頬が赤く染まるのが見えた。リーディアはそこにも唇を寄せる。

軽く口づけてから、耳元で囁《ささや》いた。

「――ルイさま？　他に何をすれば、目を開けてくださるのでしょう」

「すみません、ほんの出来心で」

ルイがぱちっと目を開けて、赤い顔をしたまま謝った。


実際、ルイはリーディアが部屋に入る少し前に、目覚めていたのだという。

自分が今どこにいるのか、どうしてこんなことになっているのかを思い出すまでに手間取り、誰かが入ってきた警戒心で咄嗟《とっさ》に目を閉じた。それがリーディアだと気づいた時には状況が把握できていたのだが、つい悪戯心《いたずらごころ》が起きてそのまま寝たふりを続けていたらしい。

「途中で起きて驚かせようかと……そうしたらリーディアが、なんか、その、ものすごく可愛らしいことばっかり言うから、かえって目を開けづらくなって」

バツの悪さからか、それとも照れくささからか、ルイは珍しくしどろもどろになって弁解した。

「ルイさまは三日も眠っていらしたのですよ」

「ウソでしょ」

リーディアの言葉に、ルイは心底ぎょっとしたように目を剝《む》いた。

思わず上体を起こしかけ、「いてて」と顔をしかめて呻《うめ》く。

「は？　三日？　ここ、俺んちだよね？　無事帰ってはこられたんだな……途中から記憶がない。

その時から三日って……そうか、じゃあ、本当にごめん」

　結局起き上がるのは諦めたが、ルイはリーディアのほうに顔をまっすぐ向けて、真摯な態度で謝った。

「リーディアにはずいぶん心配かけたんだね。見知らぬ場所で、心細かっただろう」

「生きた心地がしない、とはこういうことかと学びました」

「申し訳ない」

「大丈夫とどれだけ言われても、不安で、怖くて」

「ごめん」

「このまま、ルイさまが目を覚まさなかったらと思うと、わたくし、とても」

「リーディア」

「わ、わた、くし……ほ、本当に、こっ、こんな思いは、もう」

「……うん、リーディア」

　おいで、と右手が伸ばされる。

　リーディアは両手で縋《すが》りつくようにしてその手を握った。それと同時にぽろぽろと大粒の涙が溢れ、頬を滑って落ちていく。

「もっ、もう、こんな思いは嫌です……！　ルイさま、どこにも行かないで、ここにいて！」

　叫ぶように言って、身を折り曲げてベッドに突っ伏し、泣き崩れた。

「うん」

ルイの声は柔らかい。リーディアの頭を撫《な》でる手は、どこまでも甘くて優しかった。

「どこにも行かないよ。ずっと君の傍にいる」

＊＊＊

「へえー、それで、リーディアちゃんは毎日せっせとルイの世話を焼いてるってわけ？」

大きな円卓で輪になって座る女性たちは、リーディアとルイの母を含めて六人いる。

女性ばかりの気軽さでか、賑《にぎ》やかなお喋《しゃべ》りは留《とど》まることを知らない。感嘆するように言ったのはそのうちの一人で、このカラの国に来てもう二十年は経つというご婦人だった。

「お世話といっても、わたくしはまだ不慣れなことが多いので、大したことは……」

リーディアは恥ずかしく思いながら、小さな声で答えた。

なにしろ、万事においてまだ拙いリーディアは、できることが限られる。とてもではないが、堂々と「世話を焼いている」なんて言える状況ではない。

「食事が作れるわけではないので、運んで食べさせてあげるくらいですし、あとはせいぜい、お話し相手になったり、お顔を拭いたり、傷が痛いという時に軽くさすったり、手を握ったり、頭を撫でたり、膝枕をしたり……」

「待って内容がおかしいわ」

「明らかに看病でないものが交じってるわ」

「病人というより幼児の世話みたいだわ」

女性たちは一斉にざわめいて、ひそひそと何かを囁き合った。

「あの息子、ここぞとばかりにリーディアちゃんに甘えきってるのよお。ほんと、めんどくさいわよねえ。いっそ傷口を広げてやろうかしら」

ルイの母は普段からニコニコ笑っているような顔で、少し舌足らずな喋り方をする、とても可愛らしい女性なのだが、口から出てくるのはけっこうな毒舌であることが多い。

「でも、ルイってそういうタイプ？　昔からしっかりしていて、一人でさっさと行動しちゃうような自立心旺盛な子だったじゃない？」

ご婦人のうちの一人が不思議そうに首を捻《ひね》ったが、ルイの母を含めた他の女性たちはそれに苦笑しただけだった。

「だからそれは、ねえ」

「そうそ、やっぱり、ルイも一族の男だったということよ」

意味ありげに目を見交わして、くすくす笑う。疑問を呈したご婦人はそれだけで納得したようだったが、リーディアには判らなかったので、ルイの母のほうに視線を向けた。

こちらを見返した彼女も、楽しげに笑っている。

「ルイに、『一族の男は惚《ほ》れた女に一途《いちず》』という話をされなかった？」

「あ……はい、伺いました」

「一途っていえば聞こえはいいけど、愛情がとんでもなく重いってことよお」

「執着が激しいっていうか」

「女がほとんど生まれないから、という理由もあるんだろうけど」

「それにしたって、妻を自分の最大の宝物だと思ってるフシがあるわ」

ご婦人方は揃《そろ》ってルイの母に同意し笑ったが、誰もが満更でもない表情をしている。一途で重い愛を向けられ、激しく執着をされても、それを嫌だと思う人はいないらしい。

「良く言えば、とことん愛されて、大事にされるってことだものね」

「そうでなきゃ、いくら求婚されたからって、国どころか世界も違う、こんなおかしなところに嫁入りしたりしないわよ」

女性たちは、それぞれが少しずつ異なる外見をしていた。尻尾があるのはルイの母だけだが、他の人もまた、肌が褐色だったり、喉のあたりに薄《うっす》らと鱗《うろこ》のようなものが見えたり、耳が下に垂れるような形をしていたりと様々だ。

しかし、彼女たちはそれをなんとも思っていないようだった。自分のことを特別だとも思わないし、他人のことを変だとも思わない。むしろ長所として捉える。

リーディアの場合は、「まあ、髪が銀色なのね。綺麗ねえ」と言われた。

このカラの国では、皆が互いを認め合い、尊重し合って、人間関係が成り立っている。

だから、じきにルイが完治してようやく結婚式が挙げられそうだというこの時、こうして毎日女性たちが交代で集まって、リーディアの花嫁衣裳《いしょう》作りに協力してくれたりもするのだ。

今日は三十代くらいの女性ばかりだが、昨日集まったのは二十代の女性が多かった。リーディアが被《かぶ》る予定のヴェールに見事な刺繍《ししゅう》を施してくれたのは、熟練の腕を持つお年寄りの女性たちだ。

「そういうわけだから、リーディアちゃんも安心してねえ。めんどくさいけど、ルイはあなたをちゃんと大切にするわ。何かあったら、すぐ言うのよお。私たちみーんな、最初のうちはこの変な場所で戸惑うことばっかりだったけど、お互いに相談し、教え合ってやってきたんだから」

明るくかけられた言葉に、リーディアは微笑《ほほえ》んで「はい」と頷いた。

ルイの母は、きっと最初からそれを伝えたかったのだろう。こうしてさりげなく気遣い、心を軽くしてくれるところは、ルイとよく似ている。

「私も娘ができて嬉《うれ》しいのよお。できれば、お母さんって呼んでくれると嬉しいわあ」

それを聞いて、リーディアはぱっと頬を染めた。

「まあ……よろしいのですか？　わたくし、ローザ・ラーザでは両親がおりませんで……いえ、血の繋《つな》がりのある方々はいらしたのですけど、父母と呼ぶことは許されていなかったのです」

「ええ、事情は聞いてるわあ。その両親、ブッ殺してやりたいわねえ」

ルイの母は最初からまったく変わらないニコニコ顔で言った。

「では、あの、これから、お母上さまとお呼びしても……？」

「ううーん、ちょっと固いけど、まあいいことにするわあ。うふふ」

「あら、柱の陰に、長がいるわ」

「ものすごく羨ましそうにこっちを覗いてるわ」

「自分もお父上さまと呼ばれたい、って顔をしているわ」

「息子と一緒で、めんどくさいわねえ〜」

ほほほほと女性たちは笑い合った。


その時のやり取りをリーディアがすっかり話して聞かせると、ルイは少し渋い顔つきになった。

「……いや、どこから突っ込んでいいのかも判らないんだけど」

彼は今もベッドの上にいるが、もう横になってはいない。傷はほぼ癒えて、運動を始めてもいいという許可が下りている。

「とにかくお疲れ。みんなよく喋るから、ぐったりしたんじゃない？」

「とんでもございません。とても楽しいです」

今まで人の輪に交じる経験のなかったリーディアは聞き役に廻《まわ》ることがほとんどだが、それでも「楽しい」と思うことばかりだ。異なる世界から来た女性たちは、ここでは結束の強い仲間同士で、リーディアのこともためらうことなくそこに入れてくれた。

「ルイさまは、わたくしにたくさんのものをくださいましたけど、『仲間』と、そして『家族』もくださったのですね」

家族なんて、自分には縁のないものと思っていた。それが、父、母、祖父といっぺんにできるなんて、今でも信じられない。

にこにこと頬を緩めるリーディアを見て、ルイもしょうがないなというように笑った。

「言っておくけど、君のいちばんの家族は、『夫』になる俺だからね。俺がもっと動けるようになったら、新しく『故郷』になるこの国をちゃんと案内するよ。この怪我さえなけりゃとっくに
……あ、そうだ、思い出した」

ふと、ルイが表情を改めた。

「はい？」

「親父から聞いたんだけど、俺が傷を負ったのは自分の責任だと、リーディアは言ったんだってね？」

「あ……はい、そうですね。わたくしったら、今までルイさまにお詫《わ》びもせず」

頭を下げようとしたところを、手で制するように遮られた。

「詫びなんて要らない。そもそも、それは君の責任なんかじゃない。なんでまたそんな風に考えるんだい？　リーディアは、俺を救ってくれたんじゃないか」

「わたくしは何もできませんでした」

「影蜘蛛を呼び集めたのは君だ」

「いいえ、ルイさまの黒水晶です」

「俺を召喚陣まで連れて行った」

「陣を発動させたのはルイさまです」

「助けを呼んでくれただろ？」

「ルイさまを運んでくださったのは一族の男性で、治療をしてくださったのはお父上さまです」

「…………」

まったく聞く耳を持たないリーディアに閉口したのか、ルイは呆《あき》れるような表情になって、大きなため息をついた。

「――君は時々、ものすごく頑固になるね」

「そうでしょうか」

「そうだよ。まったく……」

少し憮然《ぶぜん》として頷く。

それから一拍置いて、突然、ふはっと噴き出した。

「ルイさま？」

「いや……それもリーディアの一面ということなんだろうな、と思って。従順なようで頑固。弱そうだけど意外と強い。大人しそうに見えて、こんなにも俺を振り回す女の子は他にいない」

くくくと肩を揺らし、笑い続けている。動けなかった時はしゅんと垂れているだけだった尻尾が、バッタンパッタンと元気に振れていた。

「……楽しそうですね」

「楽しいよ。こんな楽しいこと、そうはないよ。人形みたいだったリーディアがさ、少しずつ新しい顔や性格を見せてくれるんだ。これから一体どんな君が見られるのかと思うと、ほんとに楽しみでしょうがない」

嬉しそうに笑いながらそんなことを言うので、リーディアもなんだか気が抜けてしまった。固くなったものをするりと解きほぐすのが、ルイは本当に上手だと思う。

思わずくすっと笑ったら、頬を指でちょんと突《つつ》かれた。

「リーディアもさ、これからもっともっと俺のことを知ってよ」

「ルイさまのことをですか?」

「そ。良いところばかりでなく、悪いところもね。父親から見ると俺はまだ『頼りない半人前』だし、母親から見ると『めんどくさい男』だ。人は、見方によっていろんな面が出てくる。俺はリーディアのことが大好きだけど、だからって君のすべてをまるっと肯定するつもりはない。リーディアもちろん、イヤなことはイヤと言っていい。それでたまには言い合いになったり、喧嘩《けんか》になったりするかもしれないけど」

リーディアが少し眉を曇らせると、ルイは顔を寄せて掠《かす》めるように唇を重ねた。

そして目を合わせ、にこ、と微笑んだ。

「だけどそれでも、いつも互いのほうを向く努力は続けていこう。……五日後はいよいよ結婚式だ。俺たち、夫婦になるんだから」

結婚するということ、夫婦になるということ。

リーディアは今までそれを、「これからもルイと一緒にいる」という程度にしか考えていなかった。

だからルイの言葉を頭の中で繰り返し、懸命に咀嚼《そしゃく》しようとした。でも、それを完全に理解するのは、自分には難しいように感じられた。

「——わたくしは、夫婦というのがどういうものなのか、判りません」

「俺だってそうだよ」

「ルイさまは、お父上さまとお母上さまというお手本がおありになりますが、わたくしには何もないのですもの」

「夫婦ってのは、みんな別の形をしているんだってさ。親は親、俺たちは俺たち。俺とリーディアはこれから、自分たちだけの夫婦の形を作っていかなきゃならないんだ」

「それは……大変そうですね」

「大変かもしれないし、簡単かもしれない。だけど俺はいつだって、リーディアが困っていたら、自分の手を差し出すつもりだよ」

言いながら、ルイの手が伸びてきた。リーディアの手を掬《すく》うように取り、力を込めてぎゅっと握る。

「そしてリーディアも、あの地下室で、決して諦めず、足を止めず、俺に手を差し出して、一緒に未来へ進もうとしてくれた。それを間違っていたなんて、俺は思ってほしくない」

リーディアはしばらく黙って、ルイの大きな手に包まれた自分の手を見つめた。

結婚も、夫婦も、二人で生きていくということも、どれも自分には未知の領域だ。知らないこと、判らないことばかり。

……それでもやっぱりリーディアは、この手を離さずにいたいと思う。

これからもずっと、この人とともに歩きたい。

「――ルイさま」

「ん？」

「わたくし、ルイさまに会えて、本当に幸せでした」

「なんで過去形なの？　俺たちはこれからもっと幸福になるんだ。二人で力を合わせて幸せになれるよう頑張ります、って約束して誓うのが、結婚式なんだよ」

それを聞いて、リーディアはなるほどと心から納得した。今まで、ルイはどうしてそう式を挙げることにこだわるのかと、少し疑問に思っていたのである。

五十年前の約束を果たすため、ローザ・ラーザ王国にやって来たルイ。

今度はリーディアが、このカラの国で、彼と未来への約束を交わすのだ。

「……はい。わたくし、頑張ります」

もっともっと幸せになるために。

これこそが、人生における光。夢であり、願いであり、希望だ。

生きるというのは、本当に、なんて愛《いと》しく楽しいのだろう。


「……ところでさ、リーディア」

少しして、ルイが言いにくそうに切り出した。

「はい」

「さっき言ったとおり、俺たちはその、五日後に式を挙げるわけですが」

なぜか丁寧語になった。リーディアの手は未だ握られたままで、ルイの視線はそちらに向いている。指が妙にもじもじした動きをするので、くすぐったい。

「はい」

「リーディアは、えー、式の後のことについては……知ってる、かな？」

はい？　ときょとんとした。

「式の後、ですか？　終わってからということでしょうか」

「うん。つまりその日の夜のこと、なんだけど」

「夜？　式はお昼にすると伺いましたが、夜にも何か儀式が？」

「あの、うん、儀式っていうか、その、やることっていうか……くっそ、母さんたちは、余計なことはペラペラ喋るくせに、どうしてそういう肝心なところは何も教えてくれてないんだよ……！」

ルイは赤い顔でぶつぶつと毒づいている。

やること……？

リーディアは首を傾げた。結婚式の手順などは教えてもらったが、その後のことについては誰にも何も言われなかった。

「それも手順が決まっているのでしょうか」

「手順って、いやあの、あるかもしれないけど、俺もそう詳しくは」

「そちらも衣装を用意しなければなりませんか？」

「い、いや、衣装……はむしろ何も必要ない」

「よく、判らないのですけど……」

さっぱり要領を得ない回答に、リーディアは困ってしまって頬に手を当てた。

いつもは何事もハキハキと教えてくれるルイが、やけに曖昧に言葉を濁すのも判らない。そのわりに、尻尾はものすごい速さでブンブン動いているし。

「ルイさま、わたくし何も知りませんので、一から教えてくだされば、ご希望に沿えるよう頑張ります。わたくしにできることでしたら、なんでもいたします」

ますます赤くなったルイは「ぐ……」と呻いて、鼻から下を手で覆ってしまった。

「あのね、その、初夜……いやつまり、俺がリーディアをいただくって話をね……」

「まあ！」

リーディアはびっくりして、目を真ん丸にした。

「やっぱりルイさまはわたくしをお食べになるつもりがあったのですか⁉　どの部分でしょう、腕ですか、足ですか」

「いやっ、ちが……！　あーもう、噛《か》み合わない！」

ルイはベッドの上にぱたんと倒れ込んだ。

番外編二　おはようからおやすみまで

ルイの一日は、妻の寝顔をじっくり堪能するところから始まる。

自分の隣ですやすやと穏やかな寝息を立てるリーディアは、本当に可愛《かわい》い。無垢《むく》で、あどけなくて、しかしどこか薄《うつす》らと色気もある。つい昨夜のあれこれを思い出して、ぞくぞくしたものが背中を駆け上がったが、なんとか自制をした。

ほつれた髪の毛を手で梳《す》いてやる。指でそっと掬《すく》い取って落とすと、さらりと流れるように落ちてすべすべした頬にかかった。リーディアの銀色に輝く髪は、細くて、滑らかで、艶があって、非常に手触りがいい。ちょっと我慢できなくなって、絡めた髪の一束に唇を当てる。

んん、と小さな声とともに、リーディアが身じろぎした。

まだ覚醒はしていないらしく、目を閉じたまま、何かを確認するように手の中にあったルイの尻尾の先をきゅっと軽く握り、安心したように息をつく。赤ん坊のような仕草に、笑みが漏れた。

……まあ、なんでいつもルイの尻尾を握って眠るのかは、よく判《わか》らないのだが。

どうやら、本人は無意識でやっているらしい。尻尾はさほど鋭敏ではないので強く握られたところで痛みがあったりするわけではないものの、少しムズムズする。たぶん尻尾を持たない人間には、この感覚は判らないだろう。

母から譲り受けたこの尻尾は、昔から厄介の種だった。

複数の異なる世界から嫁取りをして血筋を繋《つな》ぐこのカラの国では、住人たちの外観は実にバリエーション豊かだ。だから「仕事先」に出向くたび、奇異の目で見られ、異端視されることが多い。

特にルイの場合、尖《とが》った耳に、発達した犬歯、そしてこの尻尾が、大体どの世界でも共通して恐れられる。魔物やら悪魔やら、呼び方は異なるが人に恐怖心を抱かせる空想上の生き物というのは、なぜかどこでも似たような姿をしているらしい。

結果として、逃げられるか、攻撃されるか、そのどちらかになりがちだ。

今ではすっかり慣れてしまったが、最初のうちはかなり傷ついた。そこに立っているだけで悲鳴を上げられ、ひどい時には罵声とともに石を投げられる。「自分とは違う」というだけで、当然のようにこちらを見下してくる人々の態度も、まるで理解できなかった。

しかしリーディアは、この尻尾を「可愛い」と言ってくれる。

彼女がルイの外見を恐れないのは、大部分がその育ちの特殊性によるものだと思うが、それでもやっぱり嬉《うれ》しい。リーディアのまっさらな心に、自分という存在がすんなり受け入れられたのは、この上ない僥倖《ぎょうこう》だったと思う。

「ん……ルイさま……？」

もう一度身じろぎして、リーディアの長い睫毛《まつげ》がふるりと揺れた。

ゆっくりと瞼《まぶた》が開かれて、その下から澄んだ美しい青玉のような瞳が現れる。

「おはよ、リーディア」

微笑《ほほえ》んで、その額に唇を落とした。


「……あれほど起こしてくださいと、申し上げましたのに……」

食卓についた途端、リーディアがむくれたように言った。ほとんど「怒る」ということのない彼女のこんな顔は滅多に見られないので、つい口元が緩んでしまう。

「だって、もったいなくて」

「もったいない、とは」

「せっかくリーディアの可愛い寝顔が見られるのに、起こしたらもったいない」

「昨日も、その前も、その前の前も、ルイさまは同じことをおっしゃいました」

そのたびに明日は起こしてくださいとお願いしているのに、と唇を曲げる。今日は珍しく、なかなか機嫌が直らないようだ。

「今朝こそは、お手伝いをしたかったのです」

「そうよねえ、わたしもリーディアちゃんとお料理したいわあ」

同じ食卓についているルイの母が援護するように言った。その隣に座る父親も、うんうんと頷《うなず》いている。

この家の食事作りは当番制だ。ルイと父は仕事で不在にすることが多いので、さほど厳密に決まっているわけではないが、なんとなく順番にやっている。朝食はおもに早起きな母が担当しているが、気が乗らなければ作らないし、そういう時はルイと父もそれぞれ勝手に用意して食べる。基本「自分のことは自分で」が信条の祓《はら》い屋一族が暮らすカラの国では、どこの家庭もこんな感じだ。場合によっては、料理好きな妻がそちらを受け持ち夫が他の家事をする、というところもあるし、大事な妻のために夫がせっせと毎回腕を振るう、というところもある。

晴れてルイの妻となったリーディアは今のところ、この家の当番には組み込まれていなかった。ようやくお茶を淹《い》れられるようになったという彼女に、一人での調理はまだ荷が重すぎるからだ。ルイも両親もそんなことはまったく頓着していないが、リーディアはかなり気にしているようで、暇さえあれば率先して手伝っているのである。

朝食についても同様で、毎回「明日の朝はお手伝いします」と宣言しているが、それが実践されたことは一度もない。いつも寝過ごしてしまうためだ。

……なぜ起きられないかといえば、夜、ルイがなかなか寝かせないからなのだが。

そのあたりを諸々《もろもろ》察しているので、両親は全面的にリーディアの味方をしている。

「ごめんね、リーディア。じゃあ朝食を食べ終わったら、俺を手伝ってくれる？　昼ご飯の用意をするから」

「え、お昼ですか？　こんな時間から？」

「うん、だいぶ延び延びになっていたけど、今日こそこの国の案内をしようと思って。ゆっくり廻《まわ》るから、昼を持っていって外で食べないか？」

「まあ」

リーディアは驚いたように目を丸くした。

「外でお食事をするのですか？　お庭にテーブルを置いてお茶を飲む、ということではなくて？」

そんなことができるのか、という顔をしている。そりゃ、リーディアにはそんな経験はないよなあ、と思ったら、何がなんでも楽しい一日にしようという誓いを新たにした。

十七年もの間、あの離れの中で、同じ景色ばかり見つめ続けなければならなかったリーディア。毎日毎日、同じ場所で起き、同じ場所で食事をして、同じ場所で眠りにつくという日々の中、彼女が得たものはあまりに少なく、失ったものはあまりに多い。

これから、数えきれないくらいたくさんの景色を見せて、たくさんの経験をさせてやりたいと、ルイは思っている。

「簡単に食べられるように、パンの中に具を挟んだりするんだよ。いろんな種類の中身を作ろう。あとは飲み物と、そうだな、甘いものもたっぷり用意しようか。リーディア、好きでしょ？　下に敷くものも持っていって、眺めのいいところに広げてさ、靴を脱いでその上に座って食べるんだ」

「まあ……」

ルイの説明に、リーディアの頬が上気した。寝坊したことなんてもうすっかり吹っ飛んで、これからの予定で頭がいっぱいになっているらしい。

空色の瞳が、きらきらとした美しい輝きを帯びる。

「たくさん歩くし、まずはしっかり朝食を食べないと」

「はい！」

「ちょっと危ないところもあるから、俺の手を握っているんだよ」

「はい！」

「はぐれないように、ぴったり離れずくっついていてね」

「はい！」

「可愛いなあ」

張り切った顔で元気よく返事をするリーディアに、でれっと目尻が下がる。

「……いや、危ないところはともかく、こんな何もない場所ではぐれようがねえだろ」

「家の中でもさんざんべったりしているのにねえ」

「こんな調子で大丈夫か。リーディアちゃんは嫌にならないか？」

「本人も喜んでいるみたいよお。あなただって、新婚の頃、それに今も、長い仕事から帰るとこんな感じじゃないのお」

「ウソだろ。俺ってこんなに鬱陶しい？」

父と母が頭をくっつけてぼそぼそ言っていたが、ぽうっとしているリーディアの耳には入らないようだったし、ルイも笑顔のまま聞こえないふりをした。

リーディアがもっとこちらに慣れたら、いずれ新居に移り、自分たち夫婦だけで暮らす予定である。

＊＊＊

カラの国は広いようで狭く、狭いようで果てがない。

文化や風習などよりも、別の世界から嫁入りしてきた女性たちが最も驚き、戸惑うのは、おそらくその点だろう。

屋敷を出れば、そこには広々とした景観が開けている。

人工物といえば、ぽつぽつと建てられている四角い箱の集合体のような家くらいで、あとは一面の大地と緑豊かな木々があるばかりの、すっきりした見通しの良さだった。

「ずーっと向こうに、山があるだろう?」

二人で並んでゆったりと歩きながら、地平線と青空の間に横たわるように脈々と連なる山を指して言うと、リーディアが「はい」と頷いた。

「あの山にぐるっと囲まれて、カラの国はあるんだよ。そうだな、城壁のようなものを想像してもらうといいかも。山が壁、その中にあるのが城ではなく国だ」

この時点で、普通なら大半の人は怪訝《けげん》な顔をするのだが、リーディアは一生懸命、頭の中にある「城壁」の知識を引き出そうと努力しているようだった。ローザ・ラーザ王国でリーディアが暮らしていたのも間違いなく「城壁の内側」であったのに、彼女が知っているのは本に記された説明文だけなのだ。

「あの山の向こうには何があるのですか？」

それでもリーディアは、少ない情報から自分で思考を組み立てて、「壁があるのならきっと『あちら側』があるのだろう」という結論を導き出した。

本人は自分のことを世間知らずで無知だと言うし、そういう面も確かにあるから気づかれにくいのだが、実際のところ、彼女は驚くべき賢さを備えている。

「あの山の向こうに何があるのかは、誰も知らないんだ」

ルイの答えに、リーディアは目を瞬《またた》いた。

「知らないのですか。山を越えた人が一人もいない、ということですか？」

「そうだね。正確に言うと、越えるのは不可能なんだよ。そもそもあの山まで辿《たど》り着くことができないから」

「できない？」

その問いに頷いて、ルイは前方に目を向けた。

「どれだけ進んでも、あの山に近づくことはできない。歩いても歩いても、一向に距離が縮まらない。この国に生まれた人間は誰でも一度はあの山まで行ってみようと試すんだけど、成功した者はただの一人もいない」

かく言うルイも、もちろん挑んだことがある。あれは十三の時だったか、数日分の野営の準備をして、意気揚々と屋敷を飛び出した。

……が、結論から述べると、その挑戦は失敗に終わった。行けども行けどもあの山には到達できず、それどころか、どこまで進んでも距離感が最初からまったく変わらなかったのである。

まるで、自分が一歩近寄ると、同時に相手が一歩後ろに退くような、そんな感じだ。どれだけ体力をすり減らして歩き続けようとも、まったく前に進んでいる気がしないというのは、徒労感が倍増する。しまいには食料が尽きそうになって、やむなく引き返すことを選ぶしかなくなった。

あの山の向こうには何があるのか、それとも何もないのかは、誰にも判らない。

「まあ……不思議ですね」

人によっては「気味が悪い」と怖がっても無理はないのに、リーディアは本当に不思議そうに山を眺めている。

「ま、箱庭のようなものかな。リーディアが暮らしていた『箱』よりはでかいけど」

少し笑ってそう言うと、リーディアは考えるように首を傾《かし》げた。

「箱庭、というものは存じませんが……壁というのは中のものを閉じ込めるためと、守るため、という二つの目的があると本で読んだことがあります。ルイさまたちは閉じ込められているわけではありませんから、この場合、あの山は、外にあるものからカラの国を守っているのかもしれませんね」

ルイはちょっと驚いてから、嬉しくなった。リーディアはたまにぽろっと核心を衝《つ》くようなことを言うから、油断がならない。

「この国には、祓い屋一族の方々しか住んでいらっしゃらないのですか？」

「そう。一族の男とその家族のみ。俺たちの結婚式に来てくれただろ？　あれで全員——とは言わないけど、住人のほとんどだね」

現在、ルイの父親レンを長《おさ》として、祓い屋は百人ほどいる。カラの国に居住しているのは彼ら、そしてその配偶者と子どもたちだけだ。

「畑も作っているし、ここは資源が豊富だから、食うには困らない。ただ、さすがに布を作ったり生活用品のすべてを自分たちで揃《そろ》えたりするのは無理だから、そういうものは異界へ仕事に行ったついでに調達してくるんだ」

仕事の報酬は金以外、としているのは、世界が違えばそんなものただの紙切れ、石ころでしかないためだ。

——報酬として嫁を、と求めたのはなにもルイの祖父がはじめてだったわけではないが、実際に相手の承諾を得て連れ帰ってきたことはなかった。断られたら、祓い屋たちは決して無理強いをしない。

そういう意味では、ルイが最初の成功例、ということになる。

「たまに『行商人』がやって来ることもあるよ。行商人はいろいろ変わったものを売り物にしているから、リーディアも気に入るものがあったら自由に選んで買ってごらん。女性と子どもたちには大人気なんだ」

「行商人、ですか。どんな方なのですか？」

「次元の穴を通ってやって来る、正体不明の物売りさ。マントを羽織ってフードを深く被《かぶ》っているから、誰もその顔を見たことがない」

「はあ……」

リーディアはぽかんとした。無理もない。

しかし、これはまだカラの国の謎のごく一部でしかないのである。


あちこち見て廻ってから、二人は休憩がてら昼食をとることにした。

あまり一気に案内してもリーディアが飽和状態になって疲れてしまうだろう。昼を食べたらそろそろ帰るかな、とルイは内心で考えた。二人でいると楽しくてつい時間を忘れそうになるが、あとで熱を出されたりしても困る。

なるべく花がたくさん咲いている場所を選んで、敷き物を広げる。リーディアは遠慮がちに靴を脱いで、おっかなびっくりその上に座った。

「さあ、どうぞ」

肩にかけていた荷の中から次々に食べ物を出して並べてやると、リーディアは嬉しそうに顔を綻ばせた。

「わたくし、お腹《なか》がぺこぺこです」

「いいことだ。たくさん食べて」

もともと体力のないリーディアは、普段から食が細い。しかしよく歩いたためか、食欲を訴える今の顔は明るかった。いつもより血色も良くなっている。

「美味《おい》しい」

パンを頬張ってにっこりするのが愛らしい。

「カラの国の食事はどう？　いろいろ変わったものがあると思うけど、口に合う？」

「はい。お父上さまも、お母上さまも、料理がお上手なのですね。どれもとても美味しくて、大好きなものばかりです」

「あれ、俺は？」

「ルイさまが作るものは『特別』です」

「……うわ、俺もしかして口説かれてる？」

はにかむように微笑むリーディアに眩暈《めまい》がしそうになった。俺の奥さん、可愛すぎじゃない？

ちょっと凶悪すぎるくらいじゃない？

――ずっとこの顔を見ていたいなあ、とルイは心の底から思った。

もちろん、そういうわけにいかないのは、自分でよく判っている。

現在は新婚なのとまだ本調子ではないことで免除されているが、近いうち、祓い屋の仕事に復帰しなくてはならないからだ。そうなったら、長くて数日、ここを不在にすることもある。

その間、リーディアがどんなに寂しい思いをするかと考えると、今から胃が痛くなってきそうだ。

なので現在のルイは、まだそのことを彼女に伝えそびれていた。

だが、これ以上の休息は許されないだろう。父や仲間は許しても、自分が耐えられない。ルイはリーディアを大事に思っているのと同じくらい、祓い屋の仕事に愛着があるし、誇りも持っている。

今日リーディアを外に連れ出したのは、それをきちんと話しておこうと思ったのも目的の一つだった。

「あのさ、リーディア……」

覚悟を決めて切り出したが、リーディアはこちらを見ていなかった。

パンを手に持ったまま、横を向いてじっと視線を固定させている。何かに気を取られているようだ。

なんだ？　と思ってルイもそちらに顔を向け、「あ」と声を上げた。

空中に、黒い「穴」が開いている。

両手で円を作るくらいの大きさだが、空間を穿《うが》つようにその部分だけが闇で塗り潰されている不気味な光景は、たぶんこのカラの国でしか見られないものだ。

「あれは……」

思わずというように立ち上がりかけたリーディアを手で制す。こんな時に遭遇するとは間がいいというか悪いというか。これについてもきちんと説明しておかないと、とは思っていたが、別に今でなくてもいいだろう。

「リーディア、あれが、『次元の穴』だ」

「行商人さんが通ってくるという？　今からいらっしゃるのでしょうか」

意外と好奇心の強いリーディアがそわそわしたように言う。ここでまず怯《おび》えたり「次元の穴とは何だ」という質問を出さないところが彼女らしい。

「いや、あれはそういうのとは違って、イレギュラーで発生したものだよ。たまにこういうことがあるんだ。何かの拍子に、袋に小さな穴が開いてしまうみたいに亀裂が入る」

余所《よそ》から来た女性、そして子どもは、これを見つけた場合、絶対に近寄らず、すぐに一族の男を呼ぶよう、きつく言い含められる。迂闊《うかつ》に触れたりすると、危険な場合もあるからだ。

「この穴が開いたら、可及的速やかに塞がないといけない。放置しておくと大きくなるし、迷子がこっちに入り込んできたりするから」

「迷子、ですか？」

「そう。……ああいうやつ」

言っているそばから、「それ」は穴の中からふよふよと飛んできた。

白く小さな発光体だ。こちらは掌《てのひら》に載せられるくらいの大きさしかない。ふわりふわりと漂うように舞っている姿は、行き場所を見失って迷っているようにも見える。

その発光体に視覚はないはずだが、なぜか「彼ら」は、近くに人がいれば必ずそちらへと寄っていく。

この時穴から出てきた「迷子」もまた、一瞬動きを止めてから、リーディアのほうへふわふわと近づいてきた。まるで本当に迷った子どもが助けを求めるように。

リーディアにもそう見えたのか、そちらに手を伸ばそうとしたが、ルイはその手を摑《つか》んで止めた。

「リーディア、これに触ったらだめだよ。迷子と呼んではいるけど、本当に子どもかどうかは定かじゃないんだ。悪意や害意がないとも言いきれない」

「悪意や害意？　あの、これはなんなのですか？」

「影蜘蛛《かげぐも》のようなもの、と言えば判るかい？」

その言葉に、リーディアははっとしたような顔になった。

「では、これも死霊……人の魂なのですか」

ルイは頷いた。

正しく言えば、人の魂の欠片《かけら》、のようなものだ。肉体はなくなっても強く残った念があると、こういうものになって彷徨《さまよ》うことがある。その「強い念」は往々にして恨みや憎しみなどであることが多く、それに触れると人のほうも影響を受ける。

最悪、次元の穴の中に引きずり込まれてしまうこともある。突然発生した次元の穴はどこに通じているのか判らないから、一旦穴の中に入り込んでしまったら、見つけ出すのは非常に困難だ。

カラの国は世界と世界の間にあり、「あの世」とも近しいから、そこへ行ってしまったらもう戻れない。

「まあ……」

その説明を聞いて、リーディアは目を見開いた。ルイのほうに向けていた視線を、また目の前で浮かんでいる発光体へと戻す。

「待って、今そいつを」

祓うから、と続けようとした言葉を呑《の》み込んだ。

リーディアがまっすぐ「迷子」に目を向けて、口を開いたからだ。

「——ここは、あなたが来るべきところではないのですって。まだ空に行きたくないのなら、もう一度穴の中にお戻りなさい」

優しく言い聞かせるような声だった。その顔には怖《おそ》れも嫌悪もない。否定も拒絶もしない。口調は本当に子どもに向かって語りかけているかのようだ。

なにより驚くことに、しばらくその場にふわふわと浮いていた「迷子」が、また動いて穴の中に戻っていくではないか。

「え……」

ルイは唖然《あぜん》とした。

死霊といっても、あの発光体は影蜘蛛よりもずっと存在が曖昧である。もちろん意思なんてものはない。人としての記憶も感情も、もうないだろう。死霊を従えて支配できるルイたちでさえ、祓うことでしか対応しようのないものだ。

それが、リーディアの言うことは聞いた。いや、聞いた、のか？　聴覚があるかどうかも判らないのに？　そもそも言葉が理解できるのか？

「明るい場所は苦手なようですね」

呆気《あっけ》に取られているルイに、リーディアはなんでもないように言った。いや、ここはそんな風にけろっとしていていい場面ではないのだが。自分が今、何をしたのかということを、彼女はちっとも判っていないようだった。

「……もしかして、俺の嫁って、とんでもなく凄《すご》い人なんじゃない……？」

次元の穴に術をかけて塞ぎながら、ルイは、ローザ・ラーザ城の地下室で呟《つぶや》いたのとまったく同じ台詞《せりふ》を口にした。

茫然《ぼうぜん》としているうちに、いつの間にか昼食を平らげていたらしい。あまり記憶がないのだが、リーディアもすっかり食べ終えて、いそいそとお茶をカップに注いでいる。

「はいどうぞ、ルイさま」

「あ、うん、ありがとう」

カップを手渡されて、ようやく我に返った。

お茶を飲みながら、このことを父親に伝えたものかなあ、とひそかに考える。

リーディアにはどうやら、一族とはまた違う特殊な力があるらしい。黒水晶を使いこなし、影蜘蛛のような死霊も、さっきの「迷子」のような死霊も、妙に懐かせてしまうという、おかしな力だ。

どちらかといえばねじ伏せることを主体とした祓い屋の能力を剛だとしたら、リーディアの能力は柔とでも言えばいいか。本人は完全に無自覚でやっているようだが。

正直、どう捉えていいものか困惑している。そもそも自身が使っているという意識もないそれを、「力」と呼んでいいのかも判らない。

……もしも親父《おやじ》がこれを知ったら、あれこれ調べたがるんだろうなあ。

大まかな成り行きしか話していないので、地下室での一件の詳細を父親は知らない。たぶん、黒水晶に命じたのはルイだと信じて疑っていないから、確認もしてこないのだろう。黒水晶が一族の者以外の命令を聞いたなんて知ったら、きっと腰を抜かす。

一人の祓い屋としては、長に伝えるのが正しい、と判ってはいるのだが。

しかし、その時のことも、今起こったことも、事実を公にするのは気が進まなかった。今は「息子の嫁」としか見ていない父親が、リーディアに対して別の関心を向けるのは非常に不愉快だ。

それに。

「ルイさま、こちらの空は綺麗《きれい》ですね」

リーディアが目を向けている青空には、ところどころ虹色の輝きが入っている。彼女は最近、美しいものに対して素直に感嘆するようになった。

——そう、それに、ルイは祓い屋の仕事にリーディアを関わらせたくはないのである。死霊退治なんて、大部分は「綺麗」とは程遠いものばかりだ。大体どろどろに濁って、憎悪や怨嗟《えんさ》が渦を巻いていることもある。

ルイがリーディアに見せたい景色は、そんなものではなかった。

「そうだねえ」

のんびりと相槌《あいづち》を打って、自分も空を見上げる。

まあいいや、と心の中で呟いた。もしかしたら、世俗から隔離されて育ったリーディアの心が一点の汚れもないから、という理由かもしれない。だとしたら、これから様々な困難にぶつかることで、徐々にその力も失われていくだろう。

少し残念な気もするが、それが人として生きるということだ。

「ルイさま……わたくし、少し眠くなってきました」

小さく欠伸《あくび》をするリーディアに笑ってから、ルイもつられて欠伸をした。互いに寝不足なのだからしょうがない。

「俺も。ここでちょっと昼寝をしていこうか」

「まあ、外で眠ってもよろしいのですか？」

「俺が一緒にいる時だけにしてね。他のやつにリーディアの寝顔を見せるわけにはいかないからさ」

そう言って、リーディアを抱えてごろんと寝転がる。

リーディアはベッドとは違う下の感触にびっくりしたような顔をして、自分の頭のすぐ近くに草花があることに目を細めた後、ルイの顔を見て、明るい笑い声を立てた。

これもまた経験だ。いつか彼女にとっての綺麗な思い出になるといい。

＊＊＊

うっかりそのまま二人で夕方まで寝入ってしまい、屋敷に帰り着いた時にはすでに周囲は暗くなっていた。髪と服を草だらけにしたルイとリーディアを見て、父と母は「子どもか」と大いに呆《あき》れた顔をした。

風呂に入って身を清めてから、四人で手分けして料理をし、賑《にぎ》やかに食事をとる。

リーディアは楽しそうに両親にその日の出来事を報告していたが、次元の穴のところはルイが割って入って適当に誤魔化しておいた。他にもいろいろ話すことがあったためか、リーディアはまったく気にしていないようだ。

夜が更けて二人で寝室に入ったが、疲れもあるだろうし、さすがに明日も起きられないとリーディアに怒られるんだろうなあと思ったので、今夜は大人しく寝ることにした。これでも一応、分別くらいはある。

「今日はとても楽しかったです。ルイさま、ありがとうございました」

ベッドの上にちょこんと座って、リーディアが頭を下げた。

「楽しかったならよかった。……あのね、リーディア、実はそろそろ、俺」

仕事を再開しようと思ってる、その時はここを留守にするから不安だろうけど——と言おうとしたら、リーディアは微笑んで頷いた。

「はい、そろそろお仕事をなさるのですね。お母上さまや、他の皆さまのお話を伺って、そうではないかと思っておりました。ルイさま、わたくしのことは心配いりませんから、どうぞ行ってらっしゃいまし」

先にそんなことを言われて、言葉に詰まった。

実のところ、誰より不安だったのは自分のほうなのだ。ルイにとって、リーディアはいつも「守ってあげなければならない女性」であったから。

その彼女に、こうして自分の背中を押されるようなことを言われるとは、思ってもいなかった。

「……頼もしくなったね、リーディア」

嬉しいと同時に、少しだけ寂しいような、複雑な心境だ。

リーディアは恥ずかしげに目を伏せた。

「だって、早くルイさまの隣に並びたいのですもの。いつもわたくしを助けてくれて、手を差し伸べてくださるルイさまを、わたくしもお支えしたいのです」

「焦らなくてもいいんだよ。料理のことだってなんだって、リーディアはリーディアのペースでゆっくり覚えて、ゆっくり進んでいけばいいんだ」

なにしろ、自分たちはこれからも長い時間をともにするだから。

「はい……ですけど、少しでもルイさまのお役に立ちたいのです。そうでなくても、わたくしは、ルイさまが安心できる場所でありたいと思っています。ルイさまに包まれるだけでなく、わたくしもルイさまを包んで差し上げられたらいいなと願っているのです」

こんな風に、と細い両腕が伸びてきて、優しくルイの身体《からだ》に廻された。

そのまま、ふわりと抱きしめられる。柔らかな胸の感触が顔に当たった。

甘い香りがして、くらっとする。

「いや、今でもけっこう俺、リーディアに甘えてると思うんだけど。むしろリーディアにはもっと甘えてほしいと思ってるんだけど」

「わたくしも、ルイさまに存分に甘えているつもりです」

困ったように眉尻を下げて、リーディアは少し考えるような間を置いてから、ルイの耳に唇を寄せた。

「それでは一つ、我儘《わがまま》を申し上げます。——ルイさま、これからどこに行かれても、必ずわたくしのところに帰ってきてくださいましね」

囁《ささや》くようなその声を聞いた瞬間、ルイの頭の中にあった「分別」の糸が、勢いよくぶつんと切れる音がした。

「ねえリーディア……おやすみを言うのは、もう少し後でもいい？」

ルイは彼女の背中に手を廻して、ぎゅっと抱きしめた。


もちろん翌朝も、リーディアは起きられなかった。

つむじを曲げられたが、今回ばかりは自分のせいではない、とルイは思っている。

あとがき

こんにちは、雨咲はなと申します。

このたびは、本書「生贄《いけにえ》姫の幸福1　～孤独な贄の少女は、魔物の王の花嫁となる～」をお手に取っていただき、まことにありがとうございます。

こちらは第8回オーバーラップWEB小説大賞において、金賞を頂いた作品です。今回、こうして無事に書籍の形になって皆さまにお届けできましたこと、大変ありがたく、また嬉《うれ》しく思っております。

このお話の主人公・リーディアは、ローザ・ラーザ王国の王女でありながら、「魔物に捧《ささ》げるための生贄」として生まれてきた女の子です。

産声を上げたその瞬間にはもう魔物に喰《く》われることが決定していたわけですから、彼女の十七年の人生における目的は、最初からそれしかありませんでした。その流れだと、普通、出来上がるのは自分の運命を嘆く悲劇のヒロイン像ですが、リーディアは自分が生贄であることに大変前向きです。

毎日せっせと自分自身の品質保持に取り組み、いかに魔物に美味《おい》しく食べてもらえるかを考えて、より良い「食材」になるための努力を欠かしません。

生まれた時からずっと、魔物に食べられることが幸せだと教え込まれてきたリーディアは、それ以外のものを何も知らないのです。

愛情も、未来も、喜びも、悲しみも。

そして本当の幸福も。

そこに現れた「影の王」と呼ばれる魔物・ルイ。尖《とが》った耳や鞭《むち》のような尻尾など、人とは違う姿をしたその青年は、五十年前の契約どおりリーディアを迎えにやって来て、「早く食べて」と押せ押せで迫ってくる彼女に、大いに戸惑うことになります。

人として育てられなかったリーディアと、人とは違う姿を恐れられるルイと、間違いなく人でありながら人の心を失っていく王国側の面々。

彼らの対比と攻防、次第にリーディアの内側に芽生えていく感情、ルイとの間でゆっくりと育まれるもの――おかしな誤解とすれ違いを交えつつ進んでいくそれらの過程を、時々笑いながら、また、ちょっとだけしんみりしながら、お楽しみいただけましたら幸いです。

最後に、素晴らしく美しく雰囲気溢《あふ》れるイラストを描いてくださった榊空也《さかきくうや》先生、書籍化の作業でお世話になったすべての方々、そしてこの本を手にしてくださったあなたに、心よりお礼申し上げます。

雨咲はな

次巻予告

生贄として死ぬことに
“幸福”を見出していた
リーディア。

ルイに手を引かれ、
たくさんの温かな感情を
知っていくうち、
生きたいと願うように。

しかし、
そんな二人の前に
**新たな事件が
発生して——!?**

孤独だった少女は、〝幸福〟な日々のなかで
一歩ずつ成長していく――。
生贄姫の幸福 2
Happiness of Sacrificial Princess
～孤独な贄の少女は、魔物の王の花嫁となる～

Coming Soon

作品のご感想、
ファンレターを
お待ちしています

あて先

〒141-0031　東京都品川区西五反田 8-1-5 五反田光和ビル4階
ライトノベル編集部
「雨咲はな」先生係／「榊空也」先生係

スマホ、PCからWEBアンケートにご協力ください

アンケートにご協力いただいた方には、下記スペシャルコンテンツをプレゼントします。
★本書イラストの「無料壁紙」　★毎月10名様に抽選で「図書カード（1000円分）」

公式HPもしくは左記の二次元バーコードまたはURLよりアクセスしてください。
▶ **https://over-lap.co.jp/824005595**
※スマートフォンとPCからのアクセスにのみ対応しております。
※サイトへのアクセスや登録時に発生する通信費等はご負担ください。

オーバーラップノベルスf公式HP ▶ **https://over-lap.co.jp/lnv/**

生贄姫の幸福 1
～孤独な贄の少女は、魔物の王の花嫁となる～

発行　2023年7月25日　初版第一刷発行
著者　雨咲はな
イラスト　榊空也
発行者　永田勝治
発行所　株式会社オーバーラップ
〒141-0031
東京都品川区西五反田8-1-5
校正・DTP　株式会社鷗来堂
印刷・製本　大日本印刷株式会社

ISBN 978-4-8240-0559-5 C0093

【オーバーラップ　カスタマーサポート】
電話　03-6219-0850
受付時間　10時～18時（土日祝日をのぞく）

王太子に婚約破棄された
公爵令嬢と結婚!?
ルベリア王国物語
～従弟の尻拭いをさせられる羽目になった～
紫音
イラスト：凪かすみ
第6回
オーバーラップ
WEB小説大賞
【大賞】受賞！
王族の血を引きながらも近衛隊に所属するアルヴィスは、突如国王陛下の呼び出しを受け、
公爵令嬢エリナとの婚約を告げられる。エリナは王太子の婚約者だったのだが、
実は彼女が一方的に婚約破棄されたと発覚。アルヴィスは王族に戻ることに……!?
OVERLAP
NOVELS f

勘違い結婚
偽りの花嫁のはずが、なぜか
竜王陛下に溺愛されてます!?
森下りんご
Illustration m/g
「小説家になろう」発、
第7回WEB小説大賞
『銀賞』受賞!
勘違いで竜王陛下から求婚！
偽物の花嫁なのに、なぜか溺愛されてます!?
田舎にある弱小国の王女・ミレーユ。彼女のもとに突然、大国の王・
カインとの縁談が舞い込んでくる！ 曰く、祈念祭で一目惚れをしたと。
しかし、ミレーユは今年の祈年祭には不参加。すぐに人違いだと発
覚するが、父王の指示で嫁ぐことになってしまい――!?
OVERLAP NOVELS f

第11回 オーバーラップ文庫大賞
原稿募集中!
イラスト：じゃいあん
【締め切り】
第1ターン 2023年6月末日
第2ターン 2023年12月末日
各ターンの締め切り後4ヶ月以内に佳作を発表。通期で佳作に選出された作品の中から、「大賞」、「金賞」、「銀賞」を選出します。
その物語は、
きっと誰かが
好きな物語。
【賞金】
大賞…300万円
(3巻刊行確約+コミカライズ確約)
金賞……100万円
(3巻刊行確約)
銀賞………30万円
(2巻刊行確約)
佳作………10万円
投稿はオンラインで! 結果も評価シートもサイトをチェック!
https://over-lap.co.jp/bunko/award/
〈オーバーラップ文庫大賞オンライン〉
※最新情報および応募詳細については上記サイトをご覧ください。
※紙での応募受付は行っておりません。